JN235529

# 抱けない女

上西加代子
Kayoko Jyonishi

文芸社

# 抱けない女—もくじ

もくじ

# 主な登場人物

染谷　冷子　主人公、祖母小みゑとの二人暮らし、留学先（米国）でレイプされる。

染谷小みゑ　母方の祖母、八十三歳で死亡、クリスチャン、朝鮮からの引き揚げ者。

染谷　吉次　母方の祖父、朝鮮からの引き揚げ者、終戦後病死。

山下　竜子　冷子の母、二十一歳の時冷子を出産するもその時死亡、朝鮮からの引き揚げ者。

山下　徹　冷子の父、妻竜子の一周忌の墓参りの帰り道で交通事故死。

山下　君江　父方の祖母、兄克典の「協力」を得て自殺。

杉田　克典　君江の兄、神戸で杉田医院を開業。

荒山　八大　医師、父は在日韓国人。

荒山　清の　八大の母、芸者（芸者名・清《しょう》　浄《じょう》）、李廉浄の子一美・八大を産む。

荒山　一美　八大の姉、高校の同級生後藤勇介・浜田真士を恋人にもつ、最終的に真士と結婚。

李《り》廉《れん》浄《じょう》（＝桐山　浄）　八大の父、在日韓国人、建設会社経営、清のとは未入籍も恋を貫く。

谷口　隆子　冷子の親友、エステ経営、冷子と深いかかわりをもつ一番の友達。

青木　剛　大一日スクリーン株式会社専務、朝鮮京城からの引き揚げ者、冷子が面接を受けた時の面接者の一人。冷子を福徳屋デパートに紹介する。

青木　良子　剛の妻、朝鮮京城からの引き揚げ者。

青木みすず　剛・良子の一人娘、橋本了を追って米国留学、了の身がわりでレイプされ、その子を産む、監禁同様の状況下にある。

浜田　真士《まさし》　八大の姉一美の夫、一美の同級生、税務大学をトップで卒業、税務署法人税課長。

浜田　拓也　真士の従弟、神奈川の湘南海岸で旅行中の冷子に声をかけた青年。

後藤　勇介　八大の姉一美と真士の同級生、一美の最初の恋人で肉体関係をもつ、公認会計士。

尾崎　進　八大の妻になる由美の父、中学卒業後コンクリート会社入社、顧客の一柳富士太と出会い、一柳の死後不動産業を営み財をなす。

尾崎　繁男　進の兄、二歳時に左手中指の第一関節より先を失う、優秀な頭脳の持ち主。

尾崎　幹夫　進の父、公務員、繁男の死後サウナで事故死。

尾崎すみゑ　進の母、進の次女由美の一番の相談相手。

尾崎　幸子　進の妻。

尾崎　香　進の長女、一度結婚するも離婚し進達と同居。

尾崎　由美　進の次女、八大による顔の整形手術失敗後八大と結婚、精神的に不安定になり自殺。

尾崎　百(もも)　八大と由美の子、由美が道連れにする。

一柳富士太《ふじた》　不動産屋、進と深いかかわりをもつ。

西上　清信　牧師、冷子の祖母の最もお気に入りの青年、冷子の見合い相手。

橋本　了　みすずの先輩で恋人、米国に留学中にみすずを黒人に身売り同様引き渡す。

佐藤　博美　冷子の勤めた福徳屋デパートの靴売場責任者、ある事件で辞めプロのカメラマンになる、冷子と深いかかわりをもつ。

佐藤　五郎　博美の夫、福徳屋デパート総務部長、冷子の上司、博美と後に離婚。

スタイリー　米国人で黒人、みすずを橋本了から譲り受けレイプ、みすずの「夫」となる。

アスター　みすずとスタイリーの間にできた男児。

マルシー　スタイリーの母。

瀬古　敏彦　ケーキ会社「パリパリ屋」社長、勇介の監査先。

田中　英平　八大が勤務した美容クリニック院長。

# ホスト・クラブ

隆子が一度でいいから行ってみたかったのが、ホストクラブである。

自分のなかで暑い夏の恋の終りがあった。

そして寒すぎた冬を迎えた証拠かもしれない。隆子は、不倫というものを初めて経験した。エステティックサロンの上客でスナックのママの和代は言う。「一番彼の好きなところは、矯正したかと思われるほどの美しい白い歯並びなの、おまけに経営コンサルタントという地位と経済力があるの」、隆子は他人の自慢話ほど、退屈なものはないとつねづね思っているが、これも仕事なのだと、うんざりそうな顔をみじんも見せず相槌をほどよくうっている。

女は、自慢話がどんなに優越感を与えてくれるのか知りつくしているのだ。聞く側は全くたまったものでない。「なによ、それ」と。隆子はふと、冷子のことを思い出した。そういえば冷子は、「そう、それで、どうしてなの、どうなっていくの」と実にのせ上手である。聞いてもらう相手は冷子だけだった。本当に幾度となくよく聞いてくれたことか……。隆子がホストクラブに行ってみたいと思ったのは単なる好奇心だけではない。

隆子は好奇心を持つとじっとしてはいられないで忽《たちま》ちそのものを目ざして駆け出す。駆け出して行って自分の抱いた好奇心の実態をとことんまで気の済むまで見極めたくなるのである。和代は自分が不倫をしているのにもかかわらず、「不倫の恋はけだるいだけよ、不倫はそもそも出発点から誤っているの、男に溺れたくなった、そしてその男に妻子があっただけなのよ、相手より優位な立場になったような、くすぐったさがたまらなく快楽なのよ」和代は舌《した》舐《な》めずりしながら続けている。

「私って奥さんある貴方《あなた》を好きになってしまって罪な女ね」と相手に最高の媚《こび》をうる、大体の男はこの台詞《せりふ》に弱く必ずといっていいほどこの瞬間、男は最高の愛をくれるという。

和代は、ホステスあがりでスナックを経営したばかりの和代の姉さん格という律子を隆子に紹介した。費用はいくらでも払う、だから絶対垢《あか》ぬけさせてほしいという条件の客である。エステに執着する女にはどうも二通りあると思える。極端に美しいか、とてつもなく見苦しいほどの不美人かである。どんな女にもそれなりのプライドがある。

しかしホストは違う、ホストには女に対して男としての僅《わず》かなプライドも残っていない。見たくもないほど、いやな女をどう焦《じ》らして寝るかのごく単純なビジネスなのだ。卑屈さと卑しさを臆面もなくむき出しにして商売に精を出す、つらい仕事をしているようにも思える。

貸衣裳業を経営するオーナーの常人《つねと》と隆子は、なりゆきで一夜を過ごしてしまった。不倫を真《ま》っ向《こ》うから否定する隆子が、「五百万円」の大金をその男から手に入れたのである。隆子がエステを広島に進出させる計画中のときのことである。広島市は商業都市とあって物価も家賃もかなり高いしコネもない。

常人の故郷は広島の瀬戸内海にある小さな豊島《とよしま》という。広島の繁華街新天地に店を出して十年以上になるという。どうも最近、グリーンジャンボ五千万円に当たったらしいのだ。常人の妻早苗とはもう五年以上家庭内離婚が続いていたのもあって、この高額当選を内証にしていた。しかしすぐさま換金はしてくれない。身元保証のための確認通知で早苗にバレてしまったのである。娘のリカが高校卒業するまでと常人はじっと耐え続け離婚はしなかった。

もともと早苗の浪費癖と出しゃばり態度が、常人の神経をいつも逆撫《さかなで》させた。宝くじ当選で早苗の態度が見事なまでに変心している。常人が早苗を嫌う要素は解っている。今暫くの間すべてに控え目という計算をどこかで早苗はしていた。常人も解っていた。まず一カ月も続くはずがないことを。離婚はまだ成立していないらしいが、娘のリカは常人を選んだ。時価五千万以上の評価のある自宅を早苗に差し出した。「自宅はすぐ売れないいじゃないの、宝くじで当てた五千万の半額をくれないと離婚しない」と大声で喚《わめ》いていた。常人は離婚という形式よりとにかく一分でも早く早苗のもとを去りたかっただけなのだ。「これじゃ、逃避行ね」リカはあっけらかんとしていた。常人はリカの気丈さが不憫でならなかったのである。

常人は女達を決して信用していなかった。早苗という妻以外の女を抱いたことがない。十代の終りに五つ年上の女性から性器をおもちゃのようにいじくりまわされた後遺症からだった。

和代と律子は時々隆子を食事に誘ってくれるのである。二人は隆子のとびきりの上客なのに気前よくおごってくれていた。十歳年下ということでいつも甘えていた。女の経営者にしては、どこか太っ腹で、陰のない二人である。

寺町京極にある、有名な「美吉」に連れて行ってくれた時だった。常人が来ていた。律子がこの「美吉」の店主と良い仲らしい。和代は不倫をどこかで非難しながらも、常連客の滝本と続いているらしい。

「美吉」は京都に五店舗、大阪に五店舗構えている。伊勢エビがメインということだ。

店主の妻、恵美子と律子が火の出るような喧嘩をした話を和代から聞いていた。恵美子は「やられたら、やり返す」という、「やられる前にこちらからしかける」律子、「人のものは取るな」「取ってなんかいないわ、借りているだけよ」、そうなのだ律子は妻ではないのだ。

「『やっぱり水商売の女は最低よ、人のだんなに手つけて』などと口に出して批判する者に限って、不倫を罪悪のようにののしり、自分では何一つ行動すら出来ない、妻という免許の下でうじ虫のようにはいくつばっているだけなのよ」律子と和代はこれが正論という。

どうあれ男は美しい花を折るのが好きだ。ゆっくり香りを嗅いだあと、男はすぐに手から花を放す。捨てる気持ちはなくとも持ち帰ってまで戦うことなどできないことだ。

律子と和代は少しヒレ酒がまわったのかくどくど話している。隆子はフグ刺し三切れをはしにのせていた。隆子もヒレ酒がほどよくまわっていた。

隆子が不倫を最も嫌うのには理由がある。愛人は、配偶者よりレベルが世間的には落ちる。配偶者をうばっているという照り輝く瞬間を楽しんでいるだけなのだ。そしてどこかで拳々《けんけん》と媚《こび》をひっかけているようにも思うのに、常人とホテルに入ってしまったのである。「広島にオープンしたいんだって、使うといいよ、五〇〇万ある、頑張れよな、この金は宝くじに当たったのだから遠慮はいらない」、隆子は、決して身を売ったのではない。たまたま常人が現金を持っていた上に、気前がよかったのだ、四十面《づら》さげての男だ、と自分に言い聞かせた。

体の芯《しん》の勢いがさせたのかもしれない。妻以外女の体を味わったこともない、商売女を抱いた経験もない、常人が女を抱きたい条件が揃ったのかもしれないのだ。借用証も愛人契約も要求しなかった。翌月常人は脳梗塞で死んでしまった。早苗もリカも五〇〇万のことは聞かされてないようだ。隆子は二度と不倫はしないと決めた。

常人が独身だったら五〇〇万は返すつもりだった。常人の娘のためにしなかったのである。娘のリカは母より父を選んだ、かなりの常人への愛情を感じとれるからだ。

隆子は思うのだ。女が逃れられないのは現在の男とせいぜい前の男ぐらいだと、そして自分が流れるから男が流れてしまったのだと思う。情事なんてものは長けりゃいいのというものではない。中身の問題だと思う。そして女にとってまさに食いものとも思う、しかし私は一度も餌《えさ》になったことも、したこともない。常人に対して今まで味わったことのない、不思議な愛情を残してしまっている。彼の性器は途中で動かなくなった。ついに挿入できなかったのである。しかし、交わること以上の「安らぎという幸せ」を感じたことも本当であった。

ついに常人のことは冷子にも言えなかった。五〇〇万を元手に広島市の中区に店舗を構えた。どこの店舗より繁盛させねばと誓った。そうしなければ常人との出会いを忘れられそうもない。

隆子の経営するエステの上客論子はホストクラブの常連客である。エステの特上コースとホストとの情事のセットが女を磨くのには最高という。女はホストの男達に、自分の過去をさらけださなくてよい、体が焼けつく瞬間がたまらないそうだ。男はことが終えて一つずつ後にさがり、女はことが始まって一つずつ前にすすみたがるのではないだろうか、隆子は男と女の百組カップルを集めて聞いてみたい気がした。

　隆子は冷子と連れ立って、論子のなじみのホストクラブに入った。論子がいつも指名するナンバー1《ワン》の力也は、まだお出ましではなさそうだ。

　右から三人目の純一を指名した。指名したのは冷子である。ナンバー3《スリー》というだけあってルックスもスタイルもかなりの線である。お酒のだめな冷子はかなりしゃべり続けている。純一はある商事会社で二年目にシンガポール転勤を命じられた。日本人の俺が、旅行は別として、冗談じゃない、外国で仕事なんて、大学を出ておきまりのスーツ姿でちまちま働いてなにになる、あっさり辞表を出したと、くったくのない笑顔で話を続ける。「女はねえ、性欲と食欲を秘《かく》しているものなんだ」、「で、だからどうだって言うのよ」冷子の口から漏《も》れた。そして、「そうよね。純一さんだって、ぎらぎらと物欲しげに光っている卑《いや》らしさをむき出しにしないで、じっと時をまっているのよね」「お姉さん達、ホストクラブ初めてでしょう」「こういう所くる女達は理屈は絶対言わないよ、それに美しい女はそうざらにこういう世界ではお目にかかれないよ。『好奇心、遊び心』それにお二人はホストに対してはなから、軽蔑しているでしょう」

「……」一時間もいなかったという計算になるのだが「三万五千円」のレシートだった。冷子は、もうひとときも過ごせば「危険な女」に染まっていきそうな予感がしていた。自分の悦楽の満足用にかくされた所持金を使う女がいてホストクラブは営めるのである。とてもとても冷子や隆子が遊べる場所でもないし、遊ぶ相手でもなさそうだ。

「妻の座を語る女も、ホストを買う女もやはり私には無縁なの、冷子も同じよ、そうよね」二人は満開の夜桜の下に座った。満開の桜って息苦しいね、と、再びいつもの冷子がそこにいる。隆子は東京というだけで価値感が倍増すると思って、一時、東京への夢を捨てきれなかった頃があった。京都の方が私には似合っていると今はっきり意識した。

「ねえホストクラブって、なんだかジェットコースターみたいと思わない」と笑って言う冷子、「午前二時以降がまっ盛りだというじゃない、売れっ子のホストがしずしずと登場するらしいのよ、バカみたい」隆子は吐きすてた。

他人が去って行っても、自分の方から去って行く道を選んだとしても、自分には何かが欠けていると思ったり、劣等感に苛《さいな》まされたり、侮辱《ぶじょく》されたように感じたりはしない。隆子はそれ以上の存在になることができるからだ。隆子には自分というものがあり、それがどんなに尊いものかと、知っているのだ。

# 出会い

冷子は英語力には少し自信があった。

大一日スクリーンに面接に行った。上場会社である。

面接者の一人で人事部長の狩谷という、五十六、七歳のぶ厚い眼鏡をかけた背の低い男が言った。

「両親がおられなくて、おばあさんと二人暮らしですか」その言葉のはしばしに滲み出る、親のない子は素性《すじょう》が悪いんじゃないかという侮辱に近い口調だったのが許せなかった。

「両親がいないということがそんなに罪な事なのでしょうか」「父も母も祖母も好きで死んでいったのではありません。戦争です、敗戦です、お上に従っただけです、日本の勝利と信じていたのに引き揚げ時の後遺症に悩みながら母は私と引き替えに死に、それによって父も祖母も死んだのです」「両親のいないことをそんなに責めないで下さい」と冷子はきつい口調で反論していた。冷子は、大会社の人事部は定年近い男達が席をしめている、戦争経験はないだろうが、少なくとも身内に、また知り合いに存在しているはずだ、聞かされているはずだと思った。だから冷子はぶち当たりたかった。

どうして重役たちは、いぶかしげにさめた目で観察するのか、くやしさのあまり涙が零《こぼ》れた。

きれいな女優が流す涙のように、まっすぐに頬を伝ったのだ。下まぶたの真下からだった。

狩谷も口を閉ざしていた。きっとこの美しい娘から非のうち所のない正論がとび出したことで、人事部長の面子《めんつ》を汚されたような気がしたのか貧乏ゆすりをしていた。冷子は、面接室を出た。

「のちほど連絡させて頂きます」「ごくろうさま」と五人の中で一番紳士然としていた、専務の青木剛が追って来て言った。一枚の名刺と白い封筒が添えられている、自筆の名刺であった。剛《ごう》とひらがなが添えられていた。

「人事部長は悪いやつではないのですが、どうも私の前で責任者づらというか、会社側に立っている自分を誇示しすぎる点がある。——」「すまなかった」と詫びてくれたのだ。

その専務がにこりと笑った。その笑顔が実に人なつこい笑顔であった。ちょっと照れたような、しかもいいようもなくあたたかい笑顔は、冷子の心に染みた。

面接を受けるということは、冷子にとって初めてであった。専務の言葉で冷子は冷静に戻れた。

「かなりの応募者があるのに、最初から、両親がそろっている者のみを優先的に正社員に採用するということは常識以前の問題ではないのか」と激しい口調で狩谷を責めたことも、今は、少しばつが悪く「胸」が「キュン」となった。専務の「青木剛」が、詫びを言ってくれたからかも知れなかった。

とっさに父親像にだぶらせてしまっているのに気がついた。

「染谷さん、おばあさんに何か買ってあげなさい」「これは私の気持ちだから」と念を押した。「ではまた」とも言った。「ではまた」とはどういう意味をもつのか解らない。再び会う事もないだろうし、採用は不可能に限りなく近いのにである。

「二万円もの大金だ」「臨時収入だ」と心の中で呟いていた。やっぱり「お金」とは自分自身を許してしまう魔物なのだろうか。

帰宅した冷子は、「あまりにも大勢の面接人でクラクラして、筆記はともかく面接で落ちるよ」「不合格だよ」と祖母に報告した。

「冷子、青木さんという大人の男の人から電話があったよ」と、翌日の事であった。祖母が大人の男と表現した口調が妙に軽やかに耳に響いた。

「染谷冷子さん、青木です、先日は失礼したね。唐突ですが、一度おばあさんと一緒に我が家に遊びに来てくれないだろうか」

「少し付け加えておきます、家内と二人暮らしで、私達は朝鮮京城からの引き揚げ者です」

青木剛が、「ではまた」と余韻《よいん》の残る言い方をしたのは、こういうことだったのだ。「連絡は妻に」と念を押した。

祖母が「朝鮮からの引き揚げ者」の青木さんに会えるのが涙が出るほど嬉しいと落ち着かない様子である。「引き揚げ者」も五十年以上もたった今では死語に近くなっているが、経験した多くの引き揚げ者にとっては、生涯「生きつづける言葉」として背負っているのだ。

クリスチャンの祖母は「汝の敵を愛せよ」というが、冷子は「敵なんか愛せないもん」と祖母に反発した事を思い出していた。キリストの教えと現実とのギャップは祖母にも重荷になっていたのかもしれない。

# 青木家の秘密

青木家から連絡があり、「JR山科駅から歩いて約十五分位です」との事であった。当日、「迎えに行きます」との青木の申し出を、丁重にお断りして、ゆっくりと祖母の歩調に合わせて青木家に向かっていた。七、八年前の山科駅は淋しすぎるような古すぎる駅舎だったのだが、今は、東西に地下鉄が走っている。

「たぶん、大一日スクリーンの専務さんのお屋敷よ」「すごいよねえ」と祖母が心の中で「ステップ」しているかのようで、身も心も喜んでいるみたいである。

「西上清信さんの件は、なんとかお断りしておいたよ」「ごめんね」、忘れているようで忘れていなかった縁談の話である。

うす紫色の小紋が祖母の品のよさを一層、引き出している。昨日美容院にも出かけたようだ。パーフェクトだ。祖母は冷子のセンスの良さを知りつくしていた。祖母が初めて希望したから、冷子は「うす紫色のワンピース」を身に纏《まと》った。「親子に見えるかしら」と祖母。どこまでも今「頂点」にいるのだ、祖母は。

どこから見ても築五十年以上らしいごくごく普通のサラリーマンの家に「青木剛・良子・みすず」の表札がかかっている、それも密やかにみえる。隣の屋敷に目が移ってしまう。さっき青木の屋敷と勘違いした家だ。やっぱり祖母も期待外れという「不思議な」顔を作っているのである。

松の木が、か細い姿勢でつっ立っている。その下の発泡スチロールの箱に「ねぎ、三つ葉」が芽を出している。アロエがすごい勢いで主張しているかのように、はびこっている。「グレーのポロシャツと紺のズボン、セーターとスカート」姿の二人、質素すぎる。しかし「満点の笑み」の出迎えは高貴さを感じさせる。ひょっとしたら、隣の家と勘違いした事を見透かされたようで罪悪感を覚えた。

「その節は冷子が大変お世話になりまして」と丁寧すぎる祖母の挨拶に「真心」がこもっている。六畳の間の、仏壇のロウソクの炎が、ゆらゆらと泳いでいる。右上の赤枠の若い女性の写真がすごく気にかかる。「きれいな人ですね」祖母がさらりと尋ねた。「冷子」と「その女性」を交互に静かに見ていた良子の眼が涙でいっぱいになった。事情を知り得ない祖母と冷子は、無言のまま良子を見ていた。

良子の涙は、胸のあたりまで流れ落ちている。「染谷さんほどでもないのですが、私達に似合わず愛くるしい子でした」剛が静かに語った。「死んだ」と過去形を意味するようだ。冷子は、祖母の教えが頭をよぎった。「過去を話す人の気持ちになって、決して質問をやたらするのではないのよ」「じーっと黙って聞いてあげるというのが一番の思いやりなのよ」「ある意味で話すより、聞く方が忍耐が要るのよ」確かそのような事だった。祖母の目と冷子の目が重なり合う。

「早生まれだから、染谷さんより一つ上なの」「同志社の英文科を卒業後アメリカへの留学を望み、単身渡米したの」「私達は、娘の留学は世間的に誇れ、格好がついて良いと思っていたのかも知れないの」「結婚八年目にできた子なの、あきらめていたのに……」「可愛がりすぎたの、世間知らずの子に育てたの、一つ一つを干渉しすぎたの、子供のまま大人にしてしまったの」「その子が留学したいと自立心を持ったの。外国での一人暮らしについてかなり不安だったけど、娘の望むままにさせたの、信じていたの、それが……間違いだったの」良子は娘「みすず」の写真を抱きながら、一気にかみしめるように話を続けていた。

留学後、三日に一度の電話が一週間に一度、一カ月に一度と日々遠のいていって、こちらからの電話にはいつも「留守」であり、ついに連絡不通となり、半年後に、アメリカに行ったがアパートは引き払われてしまっていたのである。大一日スクリーンの面接時の冷子が、娘みすずと重なって見えたという。そして冷子の心の底に流れる「強さ」に感動したという。娘の行方不明が、青木剛の栄転であったロンドン支店長という名誉を自らの手で放棄させたのである。一年に三、四度、「娘をさがす旅」をいまも続けている、という。

## デパートづとめ

青木剛の紹介で「福徳屋」の総務部に中途入社することに落ちついた。有名デパートへの中途就職はかなり縁故が多いのは習わしである。「福徳屋」はパリを始め海外でも十店舗を構えている。

「人事部にかなりの美人が入社したらしい。なんでもバックに大物がついているから就職できたのよ」――噂ほどいい加減で煙のような無責任な実体はないのだ。

「それにね、人事部と企画部をかけもちなのよ」「どうせその大物とやらの愛人じゃないの」

私の背後に権力を持つ男がついている、青木剛がいるからだ。特別扱してもらえるのだ、冷子も確かに思う。

一時「福徳屋」の流行語となった、「『大物の愛人契約社員』、福徳屋もレベル落ちたよなあ、愛人採用するなんて」とトイレで聞こえよがしにいう女も日増しにエスカレートしてきていた。「なによ、痩《や》せすぎよ、どこか体悪いんじゃない、色白すぎるわ」「やだぁ、あれのやりすぎじゃないの、でもさ大物って社長、専務、会長」、女達は実体をこよなく知りたがりすぎるのである。「ここだけの話、やくざの女じゃないかしら。福徳屋もやくざから借金するようになったのかしら、いやだ」もう手がつけられないぐらいゲームのように楽しみながらおもしろおかしく騒ぐのだった。

嘘より噂の方が怖いような気がする、女の職場はどうしてこうも耳障りな話が多いのだろうか。いつもどこかで嘘やつくりごとが混じっているのである。

男と女の違いはある、男達は「会社という大きな組織と相撲なんかとってもしょうがないよ、組織に合わせるところは合わせて、真面目にさえ勤めれば、まず首はないよ」と……。

冷子が本当に大物の愛人ならば、最大の注意を払わねば、と、男達の間でもかなりの話題となっているらしい。冷子は縁故で勤めた重大さを知ってはいるが、それほど気にはならなかった。一流企業のＯＬたちは、まあデパートなどという華やかな職場のせいなのか解らないのだが、若づくりで派手好みが多いのと、その割に話す感じが妙に子供っぽいのが実感である。

冷子は自分がどこかで遠のいている「若さ」とやらが気にならないわけでもなかったのだが、エレベーターの中でも社員食堂でも、女達から、流し眼をうけるはめに陥ったのである。女が女に、流し眼を投げつけるのは、嫉妬《しっと》である。なんでも女は自慢話と人の噂話が好きな動物らしいのだ。「特別な女」と流し眼で見られることもそう悪くもないなと感じていた。

冷子には、もって生まれての性格なのだろうが、他人のくだらない話に、いらないエネルギーをつかわなかった。自分はマイペースで仕事をやりこなしたいだけなのだ。たとえコピーという単純作業でもかまわない。青木の紹介だから、少しは忍耐も必要である。「そう辛抱さえすればよいのだわ」、でも本心をかくしたまま長く勤めていくことには価値はないと思っていた。突如としてチャンスというものは降ってきてくれるものであるし、それは降ってきた。

佐藤博美の投書であった。人間って本当に解らないものだ。解らないからこそ生きていることがおもしろいのではないだろうか。

偶然的でもあった。冷子は「そうなんだ、人生なんてたいしたことがないのよね、ひょっとしたら、私はつぶしのきく女になれそうだ」唐突《とうとつ》として思えてきたりした。

二十年あまり住みなれた自宅が、水口町の区画整理となり、かなりの金額で売却となった。祖母の、日本一の琵琶湖の見える所に住みたいという希望通り――老人はマンションという地についてない住み家を嫌うと心配していたのだが――琵琶湖に隣接する十五階建ての十四階に決めた。新築で滋賀県で一番高級らしいのだ。玄関側は琵琶湖が眺められ、ベランダ側では比良山が見渡せる。パルコと西武デパートは真ん前にある。祖母の買い物にしても便利である。これ以上の条件は二度とお目にかかれないような気がしていた。三〇〇室あるらしい。たった一つ気がかりだったことがある。一四〇九号室、四十九《しじゅうく》ろうするという番号であるが、クリスチャンの祖母にとっては問題外であった。


佐藤博美は、福徳屋一階にある靴売場の責任者をしている。なんでも社長が博美の母の兄らしい。同じ縁故でも博美にとって社長は伯父にあたる。最近耳にしたのだが、青木はかなりの株主らしく、社長とはかなり親しいようだ。

博美の夫五郎は総務部長である。福徳屋で総務部の人事課と企画課の両方に席を与えられているのは、冷子だけだ。まずは五郎のアシスタントとなり、直接メーカーに値段の交渉をしたり、得意先への挨拶にも同行したりしていた。

博美をかなりひいきめに判断しても、デパートガールには似ても似つかない。鰓《えら》が張りすぎた上に一の字のような細い目がこけし人形のようにもみえる。下駄に目と鼻が申し訳なさそうについているようにも見える。はっきり言ってスタイルもほめられない。太すぎる足首はまるで象のように太くて短い。博美にだけは制服を別注にしてほしいような気がする。膝上のスカート丈が、その太く短い足をくっきりはっきり見せすぎている。上司から売り上げ成績が悪いとさんざん嫌味を言われる。そんな時、「なんで博美さんが靴売場になんかにいるのよ」と女達は、博美の存在を陰で非難するのであった。「さすが天下の福徳屋だ。逆効果を狙うという手もあるのさ」と、男達はささやくのである。

福徳屋の靴コーナーは中高年の女性が圧倒的だ。京都随一の高値のデパートで有名である。見栄《みえ》っ張《ぱ》りの女達が一番の客である。水商売の女達、ブルジョア階級の女達が多いのである。日本人は長い間畳などに座るという生活習慣を身につけてきた。外人に比べて脚《あし》が短くぶかっこうというのもそれが少しは影響するというが、その答は不正解と思っている。冷子は祖母が一日中畳に座っているのだから納得できないのである。祖母の脚《あし》はこのところ少しは血管がうき出てきてはいるが、見事なまでに美しい形をしている。とてもきれいなのだ。ひょっとしたらミニスカートだって穿いてもおかしくないとさえ思える。「逆効果を狙《ねら》える」という無責任な言葉もあながち嘘ではない。逆効果は成立していた。確かに靴売場がどの売場よりこのところ利益を計上してきた。博美の犠牲の上に効果が上っているらしい。博美はなんでもプロのカメラマンになりたかったのらしいのだが、写す側に立つのだから、容姿はあまり関係がないと思うのだが、男ならば採用されるべきところ、女の並以下の容姿は採用すら拒否されてしまったという。

五郎と冷子はペアになって、得意先廻りをしていた。五郎一人での時よりはるかに契約率が上がった。むろん日帰りであったが、一週間に二回はこの方法でいくと命じたのが武下常務であった。武下常務は五郎と博美の仲人である。

博美は冷子と五郎の「仲」に疑いをもち始めたようだ。妻という自分にはほんの欠片《かけら》も見せなかった五郎の緊張感と歓声にだった。「美しい女」冷子にはひたすら与えているように思うからだ。博美はある計画を練った。我が身にふりかかる危険性など考えている余裕など一滴《ひとしずく》もない。博美にけしかえる女達がいる。本来博美は決して性格は悪くなさそうである。しかし今回は相手が冷子である。どんなに転《ころ》んでも比較対象外であるのは博美だって百も承知である。男と女の話は怪談に近いのだ。耳はぴんぴんと立って、おまけに尾ひれがつくのである。

嫉妬に狂った博美は行動に出てしまった。今朝、五郎に午後から東山・清水方面へ出かけるのを聞き出した。その直後「なんだか頭痛がする」と休暇を取った。二人を尾行するためであった。どこかで博美は自分自身に頷きながらも、また一方で、暗い気分と、自分の不甲斐なさと、下手な化粧をしても勝ち目がないと思っていた。脳裡の内外《うちそと》がまっ二つに分れたのだ。五郎はいつも社員食堂で昼食をとる。「その後だ」「インスタントカメラで十分だ」「帽子とサングラス」……

五郎が笑った時に見せる白い歯、この白い歯が博美は一番好きだった。五郎には幼年期のようなあどけなさがある。三十歳をすぎた男にしては可愛いとしか言いようがなかった。五郎は二枚舌という特殊な才能を持ち合わせている。たしかに妙に説得力があり、人の良さそうな顔立ちと合致している。生きた「人形」と冷子のあだ名が、福徳屋ではこの頃の流行語となっていた。五郎の「二枚舌」と生き生きとした冷子の「人形」がセットとなり、五郎は、契約成功率ナンバーワンとなり営業本部長に昇格したのである。

博美は、「冷子とともに」勝ち取った昇格の五郎をののしり許せなかった。

博美は足元が震えるのを覚えた。それを「興奮」と言わなくてなんと言うのであろうか。喜びの叫びでないのが十分すぎるほど解っているのだが、もう後ずさりできなくなって来ている。若さと美貌を売り物にしている冷子が、ただただ憎くて憎くてたまらないだけなのかもしれない。

ほんの少し冷静さが戻った。五郎については、ほんの少しだけだが許せるように思える。突き詰めてみれば、やっぱり冷子のおそろしいほどの美貌にである。「こうなったらどうでもいいの」犯罪者とはこういう心境になるのだろうか。しかし、「私は殺人や強盗をするのではない。ただ、夫の浮気現場をキャッチするだけなのだ」、勢いは炎をあげて燃えている。太い短い足にはスニーカー、くびれのない腰にジーパンをあてがい、おせじにも似合っているとはいいがたい。自分があわれになってきたのである。ダブダブのTシャツは、止まらないファスナーをかくすためだった。安全ピンで止めながら鏡の前に立った。

もう一人の博美が返事をしている、「本当にブスね」。鏡に向かって逆上した。もう少しのところで鏡を割りそうになっていた。東山にあるラブホテル街から五軒先にある和菓子屋「万寿堂」の前を通りすぎた。瞬間足がもつれていた。

ケーキより和菓子のブームに火がついたのは、NHKで京和菓子をテーマにした朝ドラが爆発的に人気があったからである。ここ万寿堂の女主人——福徳屋にとって個人顧客では三本の指に入るお得意さまである。もちろん和服である。洋服より着物は値段が十数倍となる。従ってお馴染《なじ》みさまといえど、相当神経を使っての訪問先である——東山ホテルの看板をバックに二人の姿を写し出さねばならない。東山ホテルは結婚するまでよく五郎と通ったホテルであったが今の博美にはそれさえも頭になかった。

八月の初旬の京都はむし暑く汗がしたたる。緊張と恐怖がぶつかりあうような気がする。憤《いきどお》りと悲しみで、青い空の風景さえも雲の影のように博美をおおっていた。

呼吸が逼迫《ひっぱく》状態にされてしまいそうだ。すぐ傍を制服を着たお巡りさんが自転車で走り去る。自転車姿のお巡りさんに最近お目にかかったことがない。なにか質問されるのではないか、気になった。博美は幼い頃からお巡さんの制服がとても好きだった。パイロットより何倍もあこがれていたように思える。斜めにかけた拳銃を手に取って見たかった記憶を鮮明に思い出してしまった。

真夏のお巡りさんの制服は実に重く見えた。流し目に博美を見たお巡さんに「助けて、連れ去ってもらいたい」という気持ちになった時、冷子の涼しげな姿とタオルで汗をふきながら歩いてくる五郎が見えてきた。真夏に黒のワンピース姿の冷子は、一段とスリムさをうき出し、色白な顔はどこか北国の雪女のようにも見えた。真夏の太陽の下を黒という色で身を包む女は、すべてに自信がみなぎっている。なにもかもが腹が立ってしょうがない。

五郎の存在は、問題ではない。直射日光を浴びてはね返る、今度は「火の鳥」のように見える冷子を恨んだ、憎んだ、涙も流した、のである。二十四枚をすごい速度で炎《も》える指がシャッターを切っていた。カメラの勉強をしていた時でさえこれほどの集中と志向力を味わった経験がないような気がするのだ。最大限のパワーが博美をかろうじて支えている。二日後、トイレ、公衆電話の横、その上、投書箱にまでバラまいてしまった。博美の戦いは終わったようだ。

「博美さん、本当にごめんなさい。皆さまお世話になりました」満足な笑みを残して冷子はデパートを後にした。

青木夫婦はいつからとなく「冷ちゃん」と呼ぶようになっていた。祖母と良子は急接近し始めている。どうも引き揚げ者同士の傷のなめ合いがなんとなく聞こえてくるみたいだった。冷子は晴れ晴れとした気持ちで福徳屋を辞めることができた。博美こそ本当の被害者のような気がして、一度博美にゆっくり会ってみたいという優しさも残った。

大一日スクリーン、福徳屋デパート事件、冷子は二つの大きな橋を渡ったのである。デパートという所はあまりにも人間関係が煩わしく、仕事に打ち込むには忙しすぎるように思うのであった。

祖母と孫の二人きりの生活は、逃げ場がないように思える。口に出さないが祖母もやはり気配りをしすぎていた面があったようだ。

組織はもうこりごりだった。自分で納得した上で職場は選ぶべきである。そして生涯をかけられる職業に就くべきだ。そうだ私は、「カウンセラー」になるべきだ。学生時代に精神心理学に興味をもち、打ち込んだことがあった。社会制度としてもカウンセラーの社会的地位についてもアメリカが進んでいたことを調べたことがあった。私は今運命の潮《しお》時《どき》、満ちる時、なのだと思えてならない。一級カウンセラー資格の取得に、心理検査教程、理論教程、治療カウンセリング等を学ぶことが必要であるという。アメリカにある「世界プロカウンセリング協会」の事はすでに知っているし、勉強するならばそこしかないと思った。

「アメリカ留学」がふと頭をよぎる。三十歳までの女の留学は、学生の留学を除き、OLを経験した女がたどるコースとして、三十%位あるそうだ。不安もかなりあった、自費留学という経済面、七十歳をすぎた祖母一人を残して異国へ飛び立つこと、冷子自身も普通のお嬢さんとして育っただけで、何一つ苦労をしていないということも……。

「政治の世界のように会社の中では、みんな陣取《じんど》りごっこをしているような気がします。私はなるべく組織に入らなくていい仕事がしたいのです。日本で勉強すればいいのでしょうが、どうしてもアメリカでカウンセラーの資格をとりたいのです」祖母には言いづらくて最初に青木夫妻に話してみた。

案の定、青木夫妻は悲しげな顔で冷子を見つめていた。良子のぞっとするような青ざめた表情が痛々しく一時《いっとき》も早くこの場を立ち去りたかった。

今から六十年前、祖母は滋賀県の水口から単身で東京築地にある和裁学校に入学した。十四歳の時である。友達は女中奉公とか女工員になるのが普通の時代であった。祖母は、友達の一人の一番貧しく暮らしていた初ちゃんのために、自分の金の指輪を質《しち》に入れ、初ちゃんが新潟へ女中奉公に出発する朝、そっとあげようと思っていたのだが、前日から高熱が続き、ついに初ちゃんに会えずそのお金も渡さなかった思い出があったらしいのだ。そのお金は巾着《きんちゃく》の底に隠し、両親には落としたという嘘をつき通したらしいのだ。

「冷子も少しは私の血を引いているのかしら、大胆な行動を恐れない孫だ」とあっさり認めてくれた。冷子のアメリカ留学という果てしなく追い求める夢を。

「神の御心ならば」と祖母は一番お気に入りの西上清信牧師にやはり祈ってもらっていた。祖母はクリスチャンであることを忘れてしまったのか、そしてある霊能者に「答」を求めていたのである。

「染谷冷子、染谷冷子、ははあー、いつもこの娘には親がついている、行くがいいー」と御告げが下《くだ》ったらしいのだ。祖母が心のよりどころとしてせめてもの救いであったのではなかろうか。青木夫妻から「冷ちゃんの留守中は私達が必ず守ってみせます」と言われ、ようやく祖母の笑顔がみられるようになった。

## 留学

冷子は一年の履修制度を半年制度に組み換えて、昼夜の勉強に励み続けていた。生涯でこれほど勉強という闘いを再びすることがないように思える。限りない不安を胸に秘めて、七十四歳にして、たった一人の孫を留学させてくれた、祖母へのせめてもの恩返しである。「半年間よ、半年間だけ頑張ればおばあちゃんを安心させてやれるのだ」この想いだけが冷子の支えであった。学校とアパートの往復、スーパーでの日用品の買い物、これ以外の行動は全くしていない。半年間、同じコースを歩き、同じパターンの暮らしである。

人間って、目標を持てばできるものである、後《あと》十五日で卒業資格を手に日本に帰れる。一年を半年に縮めた確固たる執念も、今、実を結ぼうとしている。祖母に良い成果を語るのを信条としていた。その時たまらない何倍もの満足感がひしひしと迫ってきて、あのなんともいえない胸の高鳴《たかな》る音色を一人で聴くことがとても幸福に感じた。

卒業資格講義の一つである、世界プロカウンセリング協会主催の講演会があるというのである。なんでもフランスからの有名な教授が講演するという。終了後のパーティー出席が必要条件となっていた。ジーンズ禁止も書き添えてある。日本人女性はとかく外国で目立つ存在で最もカモにされやすいから、細心の注意を払うよう耳に胼胝《たこ》ができる位、青木剛から聞かされていたのである。

アメリカでは何が危険かといえば、目立つことぐらい危険なことはない。日本女性は可愛いしきれいな格好をしているので、それだけで目立つというのだが、冷子は五カ月半の間一度もスカートというものを身につけてはいなかった。たった一着持ってきたワンピースがあった。青木家に初めて伺った日に着た、祖母と揃いともみえるうす紫のあのワンピースである。

昼食は菓子パン一片《ひときれ》だった。すき腹のワインが一気に冷子を酔わせてしまった。冷子はアルコールをうけつけない体質だったのだ。半年ぶりに机とペンをはなれた瞬間《とき》と開放感は、再びひとときの美しい女に作りあげた。

嗚咽がおそい、体中が膠着状態となり、トイレで動けないでいた。たった一人の親友のアンナがしばし付き添ってくれていたが、アンナはパーティーの幹事の役目を引きうけていたこともあってパーティー会場に戻ってしまった。

酸素がなくなったような感触が再び立ちくらみを起こしてしまう。一時《いっとき》でも横になりたい。

山手にある小高いこのホテルを出て、空気を吸った。金曜日の夜はパーティー等でこのホテルはいつも賑わっているらしく、ロビーも多くの国の人種が集まり、たむろしている。ホテルボーイも左右前後に走り急いでいる。並んだタクシーの順序が前後になってしまった。冷子の後《あと》の客が前に踊り出てそのタクシーを奪うかのように乗ってしまった。当然冷子は次のタクシーを待たねばならない。あれほど続いていたタクシーの群れは、嘘のように途切れてしまい、車の手配係というのか、タクシー先導ボーイというのか、それらしき男性はその場をほんの瞬間離れた。

やっと来た一台のタクシーが——気分が悪く体の重心がとれないためか、走り寄ってくるライトが虹《にじ》のようにおおいかぶさってしまう——グローブのような大きな手で冷子をつかまえて素早く走り去った。猛スピードと助手席に座っている自分……やっと気がついたのは「レイプ」という恐ろしい実体であった。

白人独特のバタ臭さで息が止まりそうになる。うす暗いアパートの一室に投げるように押し倒されてしまった。「パン、パン」と往復ビンタをされた直後、冷子はまず静かに目を閉じ、祈った。次にその男を凝視した。男は吐き捨てて言った。「生きたマリア像みたいで、気持ちが悪い。オー・ノウ！」と大声で、冷子の頭にもうちょっとでひっかかりそうになりながら、その場を走り去った。上目づかいに目を向けると、一人の日本人らしき男性が立っていた。

冷子を起こし、少しひっ裂かれたワンピースの袖口をつまみながら、同じ階のような気がするのだが、まるで迷路みたいに廻って廻って、また、元に戻っているかのような走り方をしたような気がする。その部屋にある椅子に座らせてくれた。あの男の部屋と全く同じような、うす暗くて陰気で湿気っぽい臭いがした。

その男性は、長身、整った顔、髪は短く刈っていてスポーツ選手のように見えた。

「良かった　僕、あの車から君が連れ出される時から、ちょっとこれヤバイぞと思って、ずーっとつけてたんだ。大きな顔と毛だらけの男だったよな、怖かっただろう」「でも君ってすごい冷静なんだね、よくもまあ、あんなに落ち着いていられたよな」「クリスチャンなの……」その男性が入れてくれたコーヒーを一口飲んではじめて声が出た。飲み残しのコーヒーカップの中に涙がポタポタと落ちていた。

エッフェル塔、セーヌ川の絵が目についた。

「小島」と漢字のサインがある。「画家なのだろうか」、まだ震えはかすかに残っているのに妙に頭の芯だけ冴えているようだった。

「君、瞬《まばた》きが少ないね、それが窮地を救ってくれたように僕は思うんだけど、瞬きの少ない人は冷静か、冷酷かどちらかだ。遊び人の僕でさえ君はおっかない気がするよ」、小島保というその男性は自ら「ボロチン車」といいながら、冷子をアパートの玄関まで送ってくれた。

「これから十分気をつけてな」少し出っぱった歯を、口びるにぴったりはりつけながら、小島は勢いよくクラクションを鳴らして走っていった。冷子は、小島に最敬礼をしていた。

「冷ちゃん元気?、私も元気、後半月《あと》あまりよねガンバッテ」「おばあちゃん」受話器を戻してから泣けるだけ泣いていた。「レイコ大丈夫?」「うん」アンナの声が遠のくように眠りに入ってしまった。

ラスベガス

けだるさが体中をとり巻く、足元がひんやりして目が覚めた。ワンピースのまま、闇《やみ》の眠りに入ってしまったのだった。

シャワーを浴び、ワンピースをひき裂いた。涙が頬を伝わっている。泣くことが魂のこわばりと干《ひ》からびた状態を癒《いや》してくれるような気がする。再び睡魔に落ち入ってしまった。死にまさる緊張感だけは残されている。しかし、けだるさは追い撃ちをかけてやってきているのだ。小島と名乗る男に、「君は抱けない女」だと、さらりとした笑顔をもって言われてしまった。抱けない女とは魅力のない女のことではなかろうか。あの忌《い》まわしい白人男の言う通り「人形にしか値しない女」なのだろうか、空腹感で再び目が覚めた。人間の原点は食欲ではなかろうかとさえ思えてきた。甘みの強い濃いコーヒーでどこかで一本の神経が動きはじめてきた。時計のコチコチいう振子のようにだった。

ラスベガス・カジノの前に立っていた。まっ昼間からネオンがチカチカ、金々満々《きんきんまんまん》である。「ピュウ、ピョウ」口笛を吹きながら踊っている。こちらではフランクフルトをパクついている。ラスベガスはとても不思議な国のような気がしてならない。とにかく今冷子は人込みの中にいたいのだ。

カジノで財政が保たれているといわれるだけあって、空港までもがカジノの人々で騒いでいた。隆子のことを思い出していた。ソウルで垢《あか》すりとアイラインの講習を受けに行ったときのことである。ルーレットで十七万五千円儲けたよ、とかなり興奮、声のトーンも高らかに連絡してきたことがあった。

「抱けない女」と優しい眼差しで言った、あの小島保はこのカジノにいないだろうか。日本人客もかなりの数である。「あっ、小島保か」と思われるほど似ていたがやっぱり人違いみたいだ。外人ばかり半年近く見ていると、日本人である自分が日本人を見て、皆んな同じような容貌に見えるからなんとも不思議でしかたがない。

必ず男のルーラーの前に座る。これは隆子から聞いていたことである。ドル交換なんてめんどくさい作業もせず、日本円で、座った瞬間からバクチが出来るのである。バカラというバクチの名前なのか、それらしきバクチがあるらしいのだ。なんとか冷子にもルーレットの仕組みは解けた。マンションの一四〇九号をあてはめただけなのに、続けて三回ともボールは計算したかのようにその数字の上にピタッと止まっていた。人込みにいるのはかなりの苦手である冷子は三回でその場を去った。日本円にして元金の一万円を差し引いても八万九千円を二十分位の間に収入にしてしまった。

少なくとも二十分間は昨夜の事件について忘れることはできたのだが、自分があの男にレイプされる瞬間、なぜ泣かなかったのだろうか。悲鳴すらあげなかった。抵抗という行動も起きなかった。これを自堕落《じだらく》な女というのだろうか。

再び自分の性格を分析するために、脳味噌がごちゃごちゃになって、正常な神経を保ちたくって、コーヒーハウスに座った。まるで自分が大きな罪を犯したかのように下ばかり見つめていると、細すぎる女の足元が目についた。「コーヒー」と言いながら、まだ、下を向いたままだった。

しかし、女の脚が細すぎただけではなくあまりにも美しかったので、その女の顔を見ようと、すーっと目を上へ移した。ノーメイクで、ウエスト近くまでの黒髪のストレートヘアである。口紅は病的な感じを思わせる濃い紫色であった。今のアメリカの流行色については、この半年の間に耳にしたことはなかったのだが、冷子にはこの女が意識的に神秘的な女を作りあげているような気がしてならないのだ。見つめた目と目が同じ高さになったとき、冷子は「あっ」と驚きの声が出かかりそうになり口元を押さえた。たしかに頬はこけている、しかし、いかほど窶《やつ》れても、どれほど年老いても、鼻の形と口元の形はそう変わるものではないのだ。

高すぎず低すぎず、小鼻《こばな》のふくらみ具合が実にスマートで、格好がよいのである。隆子によく似ているからよけいに興味を持つ鼻ばかり見ていたようである。「日本の方ですね」「あ、は、はい」、女の目がいっぱいに開いたのと、悲しすぎる目の表情がぱっと輝いたのを見逃さなかった。テーブルにおいたコーヒーカップがガチャガチャと音をたててコーヒーが零れていた。

「ミスズ、ミスズ!」カウンターの向こう側から二メートル近くあると思われる黒人の男が大声で呼んでいる。女は早足でカウンターへかけ寄っていた。どうも怒鳴《どな》っているようである。再び女は冷子の元へかけ寄ってきた。「すみませんコーヒー代十ドル下さい、わけは後でお話しします」「あなたはギリシア人で、この辺で美味しいお店を教えてほしいと尋ねられた、と主人に言ってあります」、「青木みすず」であることは絶対間違っていないと確信はできたのだが……。「主人」とこの女は言った。

みすずは結婚していたのだ、あのまっ黒の大きな男と。耳鳴りがして聞き違いであってほしいと思うぐらい怖い、昨夜の男にはない怖さである。みすずがこの怖い男と結婚するはずがない、絶対なにか深い意味《わけ》があるはずだ。自分のようにレイプされたのだろうか。もしレイプされても結婚など絶対にするわけがない。とにかくみすずと話をしなければ……。

「ここに五〇〇ドルあるわ、私が急にお腹が痛くなった、妊娠四カ月なのでどうか病院へ連れて行ってほしいと言っている、と言って、ねえ、なんとか一緒にここを一時間ほど出れるようにして、ね」

黒人は私をじっと観察しているようだ。

「そうだ、お腹を抱えて顔を歪《ゆが》めればいいんだ」嘘作りを必死でしていた。その黒人が「OK・OK」と手まで振っている、みすずと二人きりになれた。その黒人はスタイリーというらしい。一時間を守らねばスタイリーは疑うかも知れないという。

「青木みすずさんですね、私は染谷冷子、挨拶はここまでよ」冷子は一刻も早く事情を聞かねばと、まるで波のように焦《あせ》りばかりがおしよせてくる。

「お父さん、お母さんはお元気よ、ちょっとした御縁で祖母と二人住まいの私は、とても世話になっています」これだけは述べ伝えたかった。「父、母は元気なんですね」みすずの眼にはすでに涙がたまっていた。

みすずの留学の目的は、同志社大学二年のときテニススクールで知り合った橋本了が、アメリカ留学するというのでただ連《つ》いて行きたかっただけのことである。大学二年の時から時々橋本了のアパートに通っていた。どこかはったり屋みたいな謎の多い男だったのだが、いったん炎《ひ》がつくと女の躰《からだ》は淫《みだ》らで貪欲となった。橋本了の言動のいちいちに見えすぎた嘘の匂いをかぎながらも、この人はだめだと気持ちを引きしめながらも、時々くれるやさしい言葉に溶けてゆくもう片方の「心」があった。どうしても橋本了と離れられなくなって、両親を偽《いつわ》ってまで彼を追った。アメリカまで……という。

アメリカの郊外を散歩していたときのことであった。橋本了が空缶を蹴ったのが運悪く向こう側から急ぎ足で歩いてきたスタイリーの顔にあたってしまい、顔に傷がついてしまった。

スタイリーの背丈が二メートル近くあったからである。普通であれば、頭の天辺《てっぺん》を掠《かす》めて飛んでいくぐらいの高さだったのに。

橋本了の胸倉をつかみ、殴る蹴《け》るを激しく繰り返した。橋本了は、財布の中身のすべて二〇〇ドルを手渡したのだが、スタイリーは、大きすぎる鼻をめいっぱいふくらませて不服な顔を投げつけていた。

「この女を好きにしてくれ」橋本了はすごい力を振り絞って、みすずをスタイリーに押し与えた。そしてその場を猛スピードで逃げ去った。

黒人の巨大な身体はすぐさまみすずを犯した。掌《てのひら》と舌の色だけが肌の色と違っていたことが、なんともいえないほど奇妙で恐ろしかったという。

みすずは殺された方がせめて救われるような気がしたまま失神したのであった。

「レイプじゃないぞ、おまえのあの男がくれると言ったのだ」この言葉だけがはっきりと遠のく意識の中で聞きとれた。

男の情事には時効があると思えた。そして女は無期懲役のような気がしたという。

「みすず、君の親は知っているのか、俺と同棲していることを」橋本了がたった一度だけ真顔で質問したことがあった。「知っているワ」とっさの問いかけであったので、「もちろん嘘よ」と言い出せなかった。けれどもみすずは、彼に気に入られるためにはどんな嘘でもつくつもりだった。「なんて親だ、その親の娘だ」きっと橋本了は親子ともども馬鹿にしたのだろう、みすずはとても居心地悪く、でもやっぱりその中にいた。

きっと橋本了は、金持ちがよくする親の金できままな外国生活をさせてもらって、世間的には留学というもっともらしい見栄を張っているつまらないほどの親子なんだと思っていたに違いない。橋本了にとってこれほど条件の良い娘はめったに見つかるはずがない、その上みすずは人目に触れさせるだけの美貌はもっている。「女は一度抱かれたらもうその時から弱さが始まる」女は現象で判断して生きているのではなかろうか。橋本了の故郷は山形だという、そして、鉄工所を営む家の次男と聞かされてはいるが、証拠らしきものは一つもない。

みすずの財布から何度もお金が消えていた。日本にいたときから喫茶店や居酒屋でアルバイトもしていたらしい。みすずはいつもいつもどこかで自分が地獄に落ちていくようだったともいう。

スイタリーの子供を宿したことは、死のうと決心した心の底に断ち切れない生への執着があったとしか考えられないという。

アスターという名の男の子を産んだ。スタイリーそっくりで、みすずに似たところはかけらもないという。しかし母親としての本能がみすずにはあった。スタイリーはアスターを通してよき父親であり良き夫ともなってはくれたのだが、みすずの行動をかなりのエネルギーをもって監視する。日本に三人で行ってみすずの両親に挨拶してほしいと頼んだが、みすずが逃げてしまうと思うのか、自分が逮捕されてしまうと思うのか、怒りをあらわにして受けつけなかった。義母のマルシーは、みすずを大層可愛がってくれたのだが、日常の話題以上のことには決して触れなかった。母となった後は、ますます父と母をいとおしくなり、アスターを連れての逃避行さえ考えたらしい。だが、なす術《すべ》がなかったという。毎月二十五日、一時間のみ自由に空気が吸える、その時だけ、日本の方角に向かって「お父さんお母さん、ごめんなさい」と涙を流せた。そして心を自由にできたという。アスターが生まれるまで、スタイリーは毎日のようにカジノへ行っては儲けて、それが暮らしの支えになっていた。

そのうちつきが落ちてしまって、カジノの一部のコーヒーハウスを受けもつことになったらしいのだ。

冷子は口を開いた。「とにかく日本へ一度帰って来るワ、友人のパスポートを持ってくる。危険は百も承知なの、なんとかなるようお互いに祈りましょう。二十五日まで後《あと》十五日間あるワ、一かばちかよ、とにかくここを脱出するのよ、酷だけどアスターは無理よ」悲しげな眼が幾度となくゆり動く、深すぎるほど深呼吸をしたのち、「冷子さん、お願い助けて」お互い合わせた掌《てのひら》から、どちらからともいえないじわーっとした汗のような湿気が感じられた。急ぐように二人は腕時計をみた。

「冷子さんのような方がどうしてカジノなんかに」今度は冷子の泣く場面である。「今度日本でゆっくり聞いてよね」「とにかく全神経は脱出に注ごう」冷子は、汚された心を、さーっと新しい波が洗い流してくれたような気がした。

## 内証の帰国

半月後の卒業資格を放棄した。ひとまず二カ月の休学届けを郵送した。郵便物が届く頃に日本の地を踏んでいたのである。

日本の空気、景色、言葉……やっぱり原点はここにあったのだと心にも体にも染みる。

「冷子少し痩《や》せたんじゃないの」すでに隆子には連絡済みなのだが、隆子の応援なくして、みすずを脱出させられないのである。

二人きりなのに、声を押し殺しての話が続く、まるで盗聴器でもしかけられているかのような怯えというか、胸の高鳴りみたいものがこだまとなって響くような気がしていた。

精神を柱のように真直ぐに保ち、二人は計画を練っていた。

「カツラよ、それにパスポートね」隆子のパスポートの有効期限中を放棄して、新しく発行するというのだ。「一週間あればできるわ」「新品のパスポートは過去の証印がないのよ」過去は消せるけど、アメリカに入った証拠が残されていない、突破口が見つからない、とにかくパスポートでアメリカのゲートさえ潜《くぐ》ればいいんだ。危険すぎる賭《かけ》である、幼稚とも絶対ともいえないような閃《ひらめき》が掠《かす》めたのであった。

佐藤博美の存在だ。ゲートを潜《くぐ》り抜けるときにプロのカメラマンを登場させるのだ。冷子とみすずは女優を演じる。たしかゲート付近はカメラは禁止であるはずだ。博美を加えて若い女の三人連れである。隆子は経営しているエステの芦屋店からの呼び出しで、携帯電話で話しながら、つまづくように慌てて出かけた。

「おばあちゃん、元気?」「ガンバッテネ」電話代を節約して、じっと自分の帰りをカレンダーにチェックしながら待つ身の祖母に対して、心から詫びていた。決して日本、いや京都に帰って来ているとは、今はどうしても言えないのだ。伝えない思いやりというものが必ずあると信じ、無造作に電話を切った。

音声が二重になって見え隠れするような携帯電話に感謝したのは初めてである。非通知にすれば、外国から電話していると、絶対誰もが信じる。

みすずの脱出については、スリルという生易しいものではない、快感ともいえるわけがない、ただ一ついうならば、みすずを助けるための非常手段なのであると思う。

「佐藤博美さんにお取り次ぎお願い致します。染谷と申します」「えっ、染谷さんですか」の声に急激にトーンがあがったような気がする。直接顔の見えない分だけ、電話の方が相手の心が読めるようなときが屢《しばしば》ある。

「佐藤博美は退社しております」妙に邪魔っ気の感じる応待をしている。一流デパートの交換手にしてはお粗末すぎる。

「それでは佐藤五郎さんを……」今度のその声の反応はひどくあどけなく可愛く喋ろうとしていた。「よう染谷さん、久しぶりだね。いつかは失礼したなあ。謝りの連絡もしないで本当にすまなかった」相変らずいい声をしている。五郎はあの二枚舌と、声優になってもいいぐらいの声がミックスして、中年の女達を魅了して契約向上を図ったようなようすが今の電話の声で理解できたように思う。

「アメリカ留学していると聞いていたのだが、今どこから」相変らず人なつっこさを覚える男だ。「取り急ぎます。博美さんに連絡したいのですが」「ああ、博美とは離婚した。でも彼女の住所も電話番号も以前のままだよ」、なにかの接点があるのには違いない、五郎は住所も電話番号も同じと断言したではないか、「あっ、染谷さん、あの時は本当に迷惑をかけたね、申しわけない。今、アメリカから?……」「ちょっと博美さんに聞きたいことがあるの」

博美宅は閑静な宇治の六地蔵というところの二階建ての一戸住宅である。「ルル」「ナナ」というヨークシャーテリアの犬が二匹、初めての人には吠えるという仕種《しぐさ》も全くせず、赤と黄色のリボンを見せつけるように、お座りまでしていた。「とてもおりこうさんですねえ」と、冷子は言った。博美は別人のような雰囲気の女になっていた。「流し目」はすっかり消え果てている。あの事件について今日も深く詫びた。「そんなことより、私一生のお願いがあるの……」冷子の悲愴な願いは中断され、「ねえ、私、シッペ返しされたの、罰《ばち》があたったと思っているの、受付の女の子に五郎を取られてしまったの」、あっ、あの女の子だったのだ。染谷と五郎の名前に鋭く反応を示し、音質まで変えたあの娘だ。「染谷さんが美しすぎて憎かっただけなのに、本当にごめんなさい」丁重すぎるほど頭を下げていた。しかし博美に涙はなかった。多くの難関から脱出した強い女の瞳であった。「五郎は私に対して嫌気《いやけ》を感じて、去ったの」、離婚後、博美は福徳屋デパートを退社し、念願のプロカメラマンを目指しスクールに通いながら、フリーのカメラマンとして少しずつ仕事をしているという。

一つ失って一つ羽ばたいた女のような気がする。

「アメリカ留学はどうなの」「まあまあね」「そうそう染谷さんみたいな人が、私に一生のお願いがあると言ったでしょう」ようやく博美が気付いてくれた、謝罪と報告をして、安心したようなすっきりした優しい顔と声を作り出している。「でも染谷さんに私のような者がなにか出来るのかしら、ちょっとムズムズして怖い気もするの」、みすず脱出計画を簡単に話すと、突然博美は冷子の手を力強くひっぱって二階へとかけ上がった。

「あそこ平等院よ」、カシャ、カシャ、カシャ、とシャッターをきった。「そう冷子をモデルにする」、一足飛びに呼び名を「染谷さん」から「冷子」に変えている。親しみを強調している証である。「そうだ、ラスベガスから京都平等院にかける恋」タイトルまで決めてしまっている。「冷子とみすずさんは異母姉妹にするの……」もう早くもドラマの一シーンを作りあげている。「万が一の場合、犯罪者、そう共犯者になるのよ、博美も……」「あの時、許してくれたじゃないの」「冷子は不思議な力をもつ女だからその正義の味方とやらに、私を神さまも助けて下さるよ」むこうみずで強引なところもある博美の優しい言葉が切なく胸を通りすぎた。

「四人の女の命」そして、青木夫妻、祖母、いや親戚中に火の粉がかかるかも知れない……。博美と別れると冷子は、博美に心強さを感じながらも、そのひとときの気持ちの昂揚は薄らぎ、不安が心の中を覆っていた。気がつくといつのまにか、冷子の見合いの相手だった、祖母お気に入りの西上清信牧師が所属する河原町丸太町教会に足を向けていた。「お父しゃん、ねえ、ねえ」片言《かたこと》の声が聞こえた。「まゆこちゃん」西上牧師は女の子の父親になったみたいだ。祖母の言葉を思い出した、「人間には心の目、心の耳があるらしいが、人の何倍も涙を流した人にはそれが解る」のだと言っていた。その時は、優秀なタイトルとレッテルをはられたイエス・キリストの教えを全《まっと》うするにはかなりの重圧がかかってくるように思えて、冷子自身ついにクリスチャンにはなれなかったのである。今は、祖母の言った言葉がすーっと胸に入ってきた。

## 逃避行

「冷子、お守りよ」京都北野天満宮の成功祈願を隆子はしてくれた。「冷子、必ず帰ってきてね……」かつてこれほど、隆子の流す涙を見たことがなかった。

「隆子、私は泣かないよ」Vサインを思いきり投げ与えた冷子は、博美とともに関西空港を飛び立った。

世の中の犯罪者に聞いてみたい、どうすれば完全犯罪という「鍵」はあるのだろうかと。八時間あまりもあるフライトなのに一度も睡魔は襲ってはこなかった。

博美は小さな鼾《いびき》をかいていた。カメラだけは大事そうに抱えている。急な揺れによって、冷子の方に傾いたり元に戻ったりしていた。乱気流によって大きく落下したときも、無意識のうちにカメラをTシャツの中に隠そうとしていた。博美がカメラに、残る生涯を全て捧げるのであろうと思えた。

博美は男に産まれてきた方が今の何倍も幸福を勝ちとるような気がする。二十九歳にしては学生っぽく、ガキッぽくみえてしまう。今の冷子には博美が頼みの綱《つな》だ。自分で自分をコントロールできなくなったとき、博美が必ず手を伸ばしてくれるだろう。そう思えるし、思いたい。

ことが順調にいくというときは、それなりにスタートラインで答えが出ているように思えてならない。自分の留学、レイプされそうになって後にふらっと行ったラスベガス、そこにみすずがいた。カジノというバクチを試みたから出会えたのだ。みすずと。もっと遡《さかのぼ》れば、青木剛との出会いだ……そんな出会いの日々を振り返っていた。

予定通りみすずは以前と同じエプロン姿の制服で二人の前に現れた。見慣れない博美になげた視線はすごく鋭かった。

みすずがどんなに今を闘い、緊張しているかが一目で解かる。艶やかな黒髪は粗末なゴム紐《ひも》でくくり、口紅はピンクを塗っていた。

目配せの合図があった。スタイリーはいないということだ。冷子と博美は、味わうこともなくコーヒーを飲み干して、追われるように表に出ていた。みすずはトイレの裏窓から出る計画になっている。待たせていたタクシーの中で時計をみているのだが、時《とき》の経《た》つのが遅く感じられ、「早く、早く」と声に出していた。まだ三分も経っていないのに……宙にうくようにみすずをすべり込ませ、タクシーを走らせた。

そういえば、京都の五条大橋の近くで、隆子の車が検問にあったことがある。スピード違反なんて隆子は絶対にしない、免許も必ず携帯して乗車する。完璧な状態での検問に、隆子は「ワクワクした誇らしい気分になった」と言ったことがあった。今は、正反対の検問をうけるのである。生涯絶対起こらないと言い切れる、この「偽造罪」を今実行しようとしている。みすずをショートのカツラ、シルクのブラウスとちょっとラメ入りのロングスカートとで「隆子ふう」を作りあげた。

「黒人特有のまる坊主みたいヘアスタイルで二メートルの男……。ロビーにはいない」

博美はもうことが終ったような笑顔をみせて言った。

博美はやたらと、英語ふうのちょっと通じない単語を並べている。あの平等院がバックの冷子の写真をB4サイズにまで引き伸ばしたパネルを突き出すように検査官に見せびらかしている。冷子とみすずを異母姉妹と言っているようだ。検査官は美しい二人連れの

「異母姉妹」にほんの少し情けをかけてくれたように思える。ラスベガスから京都平等院にかける恋という映画を製作中だから、なんとか検査官の姿も加えさせてほしい、とでもいうように、これでもかと博美は媚《こび》を売ったのであった。「ワハハ、ワハハ」と左右の検査官が通過を許したのである。博美のピノキオみたいな可愛らしい仕種さがすべてを制した。

飛行機はゆるやかな角度で上昇した。冷子も博美もみすずも無口になっていた。大きな仕事をした後の脱力感か、まだ残っている仕事への緊張感か、微笑するには心は重たかった。やっとコーヒーを啜《すす》った。「次は日本のゲートよね」と博美が言った。日本にさえ無事着陸すれば、後はなんとかなる。万一の場合も理由はなりたつのだ。冷子は自分が誰よりも狡猾《こうかつ》な性格かもしれないと思えた。「アスター、アスター」みすずが意識的に声を殺して泣いている。慰めとか激励とかの類《たぐ》いの言葉をかけるチャンスは訪れなかった。

無事通過しなければ幸福に近づくためのお伽噺《とぎばなし》で終わってしまう。目前の勝利にもう一回だけ戦《いくさ》をしなくてはならないのである。荷物の少ない女の三人組はいとも簡単に、簡単なチェックでゲートの外へ出た。祖母と青木夫妻、そして隆子が並んでいた。隆子が倒れそうになった。冷子はかけ寄ったのではあるが、なんだか隆子の様子が変なのである。それもそのはずだ、隆子はみすずを演じていた。黒髪のロングのストレートヘア、そして地味さを作りあげていたのである。「もうこうでもしていないと落ち着かなくてね」と隆子。

青木夫妻の大きく見開いた目からは、涙が流れ落ちていた。みすずと抱き合ったまま、泣き声だけが漏れていた。

「冷子!」祖母の両の目から涙がこぼれてた。二台の車で名神を走りぬけた。

「偽造旅券」は「偽変造文書対策室」の文書に打ち込まれるらしいのだが、一日五件以上関西空港で見つかるらしい。見えない「嘘」を見破ることはかなり向上してきているらしいのだが、「偽物」には説明のつかない「痕跡」が必ずあるという。みすずは決して偽造旅券ではないのだ。二人の屑《くず》男に「偽造旅券」にされたのだ。そして今その「偽造旅券」を破り引き裂いたのだ。

秋の初めというには、少し湿っぽい夜の空気が薄く均一に広がっていた。

## 冷子　二十七歳

中途半端な帰国子女、特に女子の就職ほどむずかしいものはないといえる。とくに関西地区でカウンセラーという専門職は冷子のような留学経験者にはかえってマイナスなのか、先日、履歴書が送り返されてきた。

自分がいかに権威に弱い人間かということも知っている。自分以上の自分を評価するということにエネルギーを消費していることも認めていた。

みすずをアメリカから引き戻せたときのような、大胆な行動とその価値観から三カ月余りも過ぎてしまった。理路整然ということすらなくしてしまっているようだ。新規蒔《ま》き直《なお》しとか力《りき》んでみたり、ああでもない、こうでもないと考えれば考えるほど、心は萎《な》えてくる。隆子がいうのだが「人間の知性とはユーモアの結晶よ」と。

そういえば隆子はいつどこにいても発案と発意をいつも重ね備えて、その上行動をすぐさま起こしているのだ。

とにかく流行《はやり》のことばでいう「プータロウ」の身分でいられるはずがないのである。

四条烏丸のバス停のすぐ横に、「荒山美容クリニック」の求人募集があった。とにかく働かねばならないということで焦って、ただバス停に近いという条件だけで面接を受けに来た。受付嬢らしき二人が冷子を食い入るように見つめ、眼差《まなざし》を止めたかと思うと、一寸刻みに年齢、職業、身長、体重と言い、診察カルテに記入要求をした。

「すみません。私は求人募集を見てきたのですが」

「そうでしょうね。ちょっとおかしいと思ったんですよ、貴女のような方がどこを整形するのかと思ったんです」若い方の一人が早口で喋《しゃべ》りまくった。内心冷子はほっとした。五十過ぎに見えるネームに太田とある婦長が、「看護経験は何年ですか」女にしては相当の濁声《だみ》である。

「えっ、募集はナースのみですか」「ヘルパーも含みますよ」「まさか貴女のような方が、ヘルパー希望じゃないでしょう」「ナース二名他一般募集二名とありましたので」、結局、募集広告のミスということで、ここでも「交通費」という白い封筒をもらっただけである。「ほら先生、私申しましたよね、はっきりヘルパーと謳《うた》うべきだと」、荒山という院長が深く詫びてきた。

百八十五センチ位のスリムで端正なおしゃれな男だった。美容整形の医師はこれほど洗練されていなければ、開業できないものだろうかと真剣に思ったほどの素敵な若い男性であった。婦長がさも訝《いぶか》しげに横に目をそむけていたが、院長だという荒山がさりげなく「昼飯、お詫びにごちそうするよ」と、冷子をその場から連れ出した。

「それにしても染谷さんは、留学の経験や英語力があるというのに、どうして受付ぐらいの仕事を選んだのか僕にはちょっと理解しがたいのだが」、留学はしたが卒業は出来なかったということをこの荒山にいう必要はないと思った。

卒業できなかった原因が決してシンプルではなかったから、経歴に中退とは絶対記入しない。これからもずっと卒業と記す。せめてものプライドと自惚《うぬぼ》れにしておきたかったからだ。「ちょっと考えることがありまして」荒山の質問に対してかなり間《ま》があったようだ。しかし荒山はそれ以上のことは聞かなかったのでほっとした。と同時に、再び会うことのない人だからという思いがあったからか、「外資系とか秘書課とか、結局たいしたことがなかったので」と傲慢《ごうまん》な作りごとを並べても良かったような気もした。

少しずつ冷子は大人としてのずるさを覚えてきたのである、全く関心のない相手であったり、中年の脂ぎった、禿《はげ》の目立つような男であったら、食事を絶対断ったよう気がする。「ちょっと考えることがありまして」といった台詞《せりふ》も計算したような気もするのだ。「どうしてなのだろう」と余韻を残すほどの台詞《せりふ》がかえってインパクトが強いということも知っている。

「あっ、そうそう……、荒山八大《はちだい》です。二十九歳、京都市中京《なかぎょう》区に住んでいます」「染谷冷子、二十七歳です。琵琶湖の近くに住んでいます」冷子もつられるように短い遅ればせの自己紹介をした。

帰りのベンツの中で白衣をぎこちなさそうに左の腕から脱ごうとしている、右はハンドルを握っているからだ。冷子は、自分の両手は手もちぶさたではあるが、初めて会った男の人に対して手伝うのは勇気もいるし、軽い女と思われても癪《しゃく》である。それよりもきっと大人《おとな》しく良《い》い女を見せたかったように思える。

荒山八大は、この女にどうしても聞いてみたかった。この二十九年間で初めてのような気がする、人の心の中まで入ってみたいと思ったのは。

八大は美容整形医より、学者タイプに見える。どうしても医者であるならば、外科医が似合う、あの長くしなやかな指がメスをにぎるというのなら有名外科医でいてほしい気がしていた。美容外科医はどこか胡散臭《うさんくさ》くはったり屋のようであまり冷子が好む職業でないせいかも知れない。

「君って不思議な人だよなあー」語尾が長いというのは、きっと本当に私が不思議なのだろう。

「学歴、品位、風貌、どこから見たって、君ならそこそこの企業に就職できるんじゃないの」「私、会社組織は苦手なんです、上からロープで引っぱってもらうという姿勢は嫌いです。私は階段を一歩ずつ上《のぼ》りたいのです」、八大は冷子の素性がほんの少しだが見えた気がした。

冷子は普通のOLの発想ではないのだ、誰だって階段を一段ずつ上《のぼ》っていくのが当たり前なのに、冷子は完全に思い違いをしている、きっとどこか大会社の令嬢か、それとも単なる我ままな娘なのかは判断がつきにくいが。男は過去まで徹底的にさかのぼろうとする、八大は自分をそう意識した。「あっ」急ブレーキのはずみで冷子はフロントガラスに軽く額をぶっけた。八大は、頬をやわらかく撫でながら額をみた。その表情から、冷子はキスをされると思った。

「大丈夫？　ああ良かった」と八大はハンドルに当たった自分の胸を左手で押さえなが

らささやいた。

車の外に出た八大は、「猫ちゃんだ、無事だった、よかった」「ごめん、ごめん……」と呟いていた。

八大の胸には子猫が抱かれていた。少しぐったりしているように見えた。八大と冷子の真ん中に置かれたその猫は二人を代《かわ》る代《がわ》る眺めているようだった。猫独得の大きなビー玉のような目ではなく、上目蓋《まぶた》が少しはれた窄《すぼ》んだ目だった。猫も安心したのか甘えるような少し甲高《かんだか》い声が車内に響いた。

「この猫、野良猫のようだから、私連れて帰ります。祖母の相手にも良いし」と冷子は言っていた。

「ピ、ピ、ピ」二人とも自分の携帯電話を見た。「ちょっと大変な客でね、どうしてもクリニックに帰らねばならない」と八大は告げた。八大がこの時を大事にしていてくれたかがこの時解った。

携帯電話にお互いをインプットした。

「ごめんね、必ずもう一度会ってほしい」そう言う八大の横顔を見つめると、角度のすてきな顎《あご》がとても印象的なのに気がついた。

『とらばーゆ』でブティックネネを見つけた。水曜日の午前十一時前の市バスは、手製の布カバンを強く握りしめた杖の老人と、メールをうっている今流《いまりゅう》のガングロ化粧に厚底靴のフリーターらしき女の子、そして冷子の三人の乗客のみであった。

花見小路四条は祇園に近く、そこにブティックネネはある。正午十二時開店、午前零時閉店という。

冷子は想いの中に居た。帰国後、六度目の面接である。どうも自分が意識している以上に、他人に自惚《うぬぼれ》の強い女と評価されているように思えてならない……と。突然携帯電話が鳴り、ふと我に返った。八大からだと思った。

「この間ごめんね、今日会えないかなあ、これから琵琶湖方面へ走りたいんだけど、冷子さん今日は忙しい?」やっぱり優等生の話し方だ。精神も肉体もこの瞬間風船玉のようになって上昇したようで、嬉しくてたまらない、「私、今四条河原町なんです。面接です」「解りました、京都グランドホテルの吉兆で待ちます」、面接が終わってから携帯電話で連絡をとり合うことにもした。

店主、店員も原色で身を隠している。自己主張が出すぎて欲求不満的に見える。その上化粧はけばけばしい。中年女性はどうしてこうも化粧を濃くするのか、若作りのつもりだろうがかえって年増《としま》を強調しているように見えてならない、輪をかけて香水まできつい。「とてもついていけないな」と、次の就職先を頭に描いていた。

店主はたぶん六十歳前後であろう。露骨に胸元まで開いた、オレンジとグリーンのロングドレスを着ている、にじんだ汗を荒っぽくティッシュで拭いた。リリアンのショールを外すと、脂肪がつきすぎた腕が見えた。三十路《みそじ》を経ると女達が、すぐさまつくり出す美しい笑顔、自分がどんなにどんなに魅力的かよく知り抜いているあの動作、それはそれで自己主張としては納得できる。しかし、首元と腕の露出度の多さは、たるんだ贅肉《ぜいにく》と共に、すべての存在感をマイナスにしてしまうということをどうして解らないのかといつも思っていた。この職場はどうでもよい気持ちになっていて、八大との逢瀬の事を考えていた。

ねちねちとその女主人は言った。「美人で、高学歴の女は女から見てとても嫌味にうつり鼻につく、あなたは自分で感じてないでしょうがね」冷子は、黙って聞いていた。

八大は、また猫を抱いていた。「この間はどうも失礼しました」やっぱり優等生の挨拶をした。「あらこの猫ちゃん……」「きのうの雨の夜、クリニックの前でうずくまっていたんだが、悲しすぎる目をして僕の足元にすり寄ってきたんだ。ミルクを飲んで暫《しばら》くするとすっかり元気になったんだが可愛いくてしょうがないんで……」、八大の細めた目が優しさをしっかり見せている。

「そうそう、祖母はあの猫をノンちゃんと呼んでいるの」、「冷子さんに名前つけてもらおうかと思って連れてきたんだが」、冷子は「リン」と名前をつけた。

「この間の患者さん、お元気になられました？」問いながら、整形の患者さんと元気という言葉は自分でもちょっと変だと思い、ついくすくすと笑ってしまった。

「患者さんって言うのですか、お客さまと呼んでいるのですか？」「病気でない人達だから、客と呼んでいる」、と八大は答えながら、傍にいてなぜか落ちつきを与えてくれる冷子をもっと知りたいと思っていた。

「祖母と二人暮らし」続いて「両親は私が一歳になる前に死にました」、八大は無言だった。三十分位前の京都グランドホテルの「吉兆」の入口で見た冷子を思い出していた。その時の冷子に思わず息を呑んでいた。冷子は呼吸を整えまさに舞台へ出て行く女優のように、凛々《りり》しく見えた。

冷子は、極度の緊張感が加わると、どうも血液中の赤血球が減って貧血という事態に陥ってしまう。体が宙に浮いているようで、視界がすうっとなくなってしまった。「気分でも悪いの」抱えられた温かみを感じ、ソフトな声が耳の中で弾けて我に返った。八大は抱えながら、冷子が、京都の料理人達の一種の見栄である器が品格を浮き出しているように見えた。

「僕は以前結婚したことがあるが今は独り者です」彼女の心の内に、心配というものが少しでもあったら困るのだ、独身女性が最も聞きたいことであるはずだ。

冷子は、微笑みながら頷いている。

八大は思った、そうだ、冷子は母の「清の」に少し似ていると。「就職の話どうだった」

「ちょっとついて行けそうもないんです」「冷ちゃん、僕の友人で弁護士がいる。ハワイにも仕事があるらしい、一度聞いてみようか」冷子は黙っていた。

「ビール一本だけいいかなあ」女に断りを得て注文をする男にはあまりお目にかかったことがなかった。アルコールに弱い冷子が淡いピンク色に染まり、右の耳朶《みみたぶ》はもっと朱色になっている。清楚な女性が華やかな女に作られる瞬間《とき》を、八大は垣間《かいま》見た。「モデルのようだ」と思わず呟いた。

ビールのせいか、八大の目がとても無邪気さを残しているが、冷子は「見つめられている」ことに弾かれそうな自分を意識した。

八大は「ほんものの女というのは女らしさをきっぱり棄ててなお美しいひと」と思うのだ。冷子にはそんな一面も見える。もしかしたら女という固有名詞すら忘れているように一瞬感じることもあると八大は思った。

冷子は、八大を「ほんものの男であることを断固引き受けていて、でもほんのちょっぴり哀しいひと」と思った。男は女を女は男を想像し、自分の理想の人に染めていくのが一番の幸せなのかも知れないが、冷子は積極的に男というものを欲しがらなかった。欲しがらなければ失うこともない、手傷を負わずに済むとも思っていた。いや違う。冷子にもどこかで恋情への相手と、値打ちを推し量っているかも知れない。今日心に決めてきたことがあった。八大に妻子がいたら再び会わないと。

どうせ勝ち目のない相手なら、見ぬもの清しで漠然と想像している方が女心は救われる。小細工をして男を追い込むようないやな女には決してなりたくないのだ。

八大は、独り者と言った、なにか深い意味があるのかも知れない。しかしただ単に独り者と言っただけかも知れないのだ。どこか正視しきれない理屈ぬきの眩しいような思いを八大から感じとるのであった。今の自分には希望は持てないが、少しずつ変わっていくだろう自分には希望をもてると思う。四回目のデートがあるならば、着物姿にしよう。異性に着物姿を見せるというのは不思議な快感がよぎる。本当に女として良い「女」になりたいという思いが出て来たような気がする。今まで多くの女達から羨望や嫉妬の視線を浴びつづけて来たのだ。それも悪くはないが、そうイバることでもないと思って来たのだが……。

今私にあるのは就職さえままならぬ、のっぺりとした一本道の毎日だけなのだ。しかしずーっと待っていれば「風」は一度ぐらい吹いてくれるのではないだろうか。「成熟するためにはまわり道も必要だ」と聞いたことがある。しかし私は二十七歳、今までまわり道ばかりであったのではないか、冷子はそう思った。

アルコールというものは、冷子にとって「想いに耽《ふ》ける魔物」が含まれているのか、冷子はしばし思索の中にいた。自分の容貌が人の心をいくつかとらえてきたこともあったが、これは努力精進した結果ではない。なのにこのまま何もしないで肩肘張ってたら、必ず窮屈さから一生逃れられないだろう。意味もなく自惚《うぬぼ》れの強い人間にもなっていた。捨てることだ。今朝の秋空のようにカラッと生きたほうが人生、愉《たの》しくなるだろう、良き人間関係を築けるはずだ……。じんわりとアルコールが体中をかすめていくように、ゆるやかなカーブで心が弾んでいた。

八大の視線を冷子は感じた。何か話し出すきっかけを探しているようにも思えた。どのくらいの時間が経ったのだろう、二人の会話が止まってから……。また、アルコールの「魔物」が冷子を思索の世界へ連れていった。

八大は口数がかなり少ない男だ。私はやたら喋る男は大嫌いなのだ。中身がないくせに言葉を重ねすぎるから、ますますいろんなことが薄っぺらくなってしまうのだ。八大はいわゆる聞き上手な男なのかも知れない……。ずらっと十種類も並んだ料理、たぶん手もかなりかけているだろう。その中で一番美味と思ったのが、ねぎと鰹節を添えた、ただの冷や奴であった。人とのつながりもひょっとしたらこういう姿こそ本物なのかも知れない。

今、ここから、男と女の恋の駆け引きは始まるのかも知れない、いや始まっているのだ。そして……。

「就職の件ですが、もし迷惑をかけるようなことになったら、と思うと足が竦《すく》みます。もう少し私なりに頑張ってみます」、八大は自分に甘える冷子を期待していた。冷子が遠のくのが怖かった。就職先の窓口を自分につないでおけば冷子との接点が保たれる、そんな気持ちもあった。

「私は自立した女になりたいと思っています。今までは抽象的で観念的でした。この先、祖母と生活を守り続けるために現実的なキャリアウーマンにならなければ、そんな宿命をもって生まれてきたようにも思います」と言い終えた冷子は、その後の言葉を呑《の》み込んだ。「女が仕事を続けていこうとするとき、いくつかの落とし穴があるのだ。とりわけ美人であることがこの穴にはまりやすい、美しい女を男は放っておかない」もしかしたら声となっていたかも知れない。

「冷ちゃんには、自分で切りひらく以上の大きなチャンスが舞い降りる可能性があるような気がする、自分で自分を小さく決めないことだね」

八大の精いっぱいの贈り言葉だった。

## 八大の過去

九月の半ばというのに真夏の暑さだ。なんでも気象観測史上二番目とかで三十八度を記録していた。その日の夕方四時十四分だった、八大に知らされたのは。娘の百《もも》まで道連れにした、妻由美の自殺だった。「胸を一刺しして出血多量で救急車の中で息を引き取った」ということであった。

思い出したくない、忌まわしい過去は八大をゆるりゆるりと苦しめていく。

由美はいわゆる下宿先の娘であった。京大生ばかりを住まわせる賃貸マンションに八大も入居していたのである。由美の父の尾崎進が、「一柳富士太」と名乗る奇妙な男との出会いがあり、二十一歳の若さで、不動産業を興し、手に入れたのであった。「京一マンション」は七階建て、約百名を住まわせていた。これだけの多人数を住まわせていたというのはそれだけの価値があったのである。いわゆる家賃が「一万円」なのである。

京都新聞でも大きく載せられ一時かなり話題となっていた。由美は進と幸子の次女である。生まれながらにして顎《あご》の線が崩れていた。顎と首がひっついているのである。誰が見てもたしかになんともいえない「だるい顔」である。そのコンプレックスを撥飛《はねと》ばしているのであろうか、どこまでもファッション雑誌から飛び出たような容姿を繕うのであった。傍目《はため》からは「哀れっぽく」見えてしまう。進が由美を溺愛したのは「不憫《ふびん》な娘《こ》ほど可愛い」と親としてのなすべき姿からであった。しかし、傍目には裏返しとして、進が不憫に見られていた。進が八大に百人近くもいる中で最も接近したのは、最初の入居者であったからだ。八大がすんなり家族の仲間に入っていけたのは、生い立ちが関係したかもしれない。由美は高校を卒業後、梅田のカラーコーディネーターの専門学校へ通っていた。地元の高校ではそれほど痛みを味わなかったのは、やはり小さき頃からの見慣《みな》れで、周囲の人々がおもしろおかしく揶揄《やゆ》などしなかったのである。

由美の僻《ひがみ》根性は日々エスカレートしていく。八大は新大阪の美容クリニックに勤めが決まり京一マンションを出なければならなくなった。

「八大さん、良かったら、中京区にあるマンションに入って下さいよ」インターンの最中でもあり、お金も時間も全くなかったので二つ返事で世話になることとしたのだった。

進と由美からも期待されていたのだ。引っ越しといっても身支度《みじたく》程度である。その前夜、進は十二畳の間でひとまずの「お別れ食事会」を催してくれたのである。「八大さん、由美の顔、この顎を整形してよ」「両親は賛成してくれているの、でもちょっとおばあちゃんがね」由美は悲しそうに眼を伏せている。祖母のすみゑは進とともに由美を溺愛していた。由美は懇願するようにすみゑを見ていた。やがて「由美ちゃん、自分で思うようにしていいのよ」と、すみゑは由美をそっと抱いてやっている。

今日まで十数回、先輩のアシスタントとしてメスをにぎってきた。「こんなに顎と首とが一体になっていて、まるで垂れ下がっている瓜《うり》のような娘《こ》を見たことがない」と手術後、院長までも、険しい表情を露骨に表わしている。

「一〇〇パーセントとは言えないが七割がた成功した」と院長も先輩も、自分を説得するかのように呟いていた姿は、八大に、術後の空虚さと三割の不安を与えた。

「抜糸」は大事をとって十日後にすると院長は指示した。八大にとってこの十日間は、「神に祈りたい」と生まれてはじめて「神」に頼っている自分を意識した。

包帯を外《はず》す作業で、こんなに重圧感を抱いたことはかつて経験したことがなかった。

由美が不安げに手鏡をもつ手をやめさせたい、手鏡の代わりに自分の手を添えてやりたい心境になった。

「違う、違う」自分の顎をつまみながら、その手が一生離れないと思われるほど、膠着している。進も幸子もすみゑも言葉を失ってしまっている。由美は手鏡を静かに置いた。寂寞とした沈黙が三分も続きその永い時が過ぎた。由美は突然シーツを思いきり握りしめ、ベッドカバーをかぶった。小刻《こきざ》みに震えていた。

モニター写真、シリコンの量、うすい粘膜を慎重に手術を行ったはずだ。全く予想外の結果となってしまった、いや予想していたのかもしれない、不安がよぎったということが……。八大は混乱していた。一般的に平均六センチという口の中の長さ、口幅も多少異なるであろうが六センチという。シリコンの量が多すぎたのだろうか、由美の口はどちらかといえば「おちょぼ口」なのである。美容整形にかけて日本一と名高い住友教授を訪ねた。東京の新橋にある「新橋クリニック」である。十一階建てである。東京の一等地新橋にしては決して目立つとはいえないのだが、自社ビルと噂となっていた。住友教授も首をかしげただけだった。

「八大兄ちゃん、きれいにしてやると言ったじゃないの」「ヘタクソ」と喚《わめ》き暴れた。四、五日は手の施しようがなかったが、それからというものは全く無口になってしまった。外出もしなくなった。八大は由美のもとへ週に一度の割合で出向いて行った。由美は八大に会うのをしきりに嫌がっていた。

経営者で院長である田中英平は、「儲け主義」に走っている。所詮利益を伴わない商売はするものではないのは百も承知だが、多くの客を巧みに整形手術にもっていく方針である。「醜いほどの作り」ならそれも仕方がないのであろうが。保険で賄《まかな》えないのが、付け目なのだ。「あの人よりもこの人よりも美しく輝きたい、A女優にどこか似せてみたい」という女性心理を利用し、医院にとっての最大の武器である「女達の顔」を作り上げていくのである。「二重瞼で本当に美しくなりました。全然今までの表情と違いますよ。次は鼻ですよ、目と目の間の上に心棒を入れて一センチ高くしてみましょう」などと……。

八大はアユミの事を思いだした。院長に「ほら申し上げた通りまた一つ彫りが深くなりましたね。私は思うのですが、二十三歳の貴女にはとても気になるのですが、口元の二本の皺《しわ》とおでこに浅く刻まれた皺がね」と言われたアユミは、合わせて二百二十万円もの大金を払わされたのである。サラ金の取り立てが、クリニックにアユミを捜しに尋ねて来たことがあった。八大が正式に勤め始めて九カ月目の事であった。

八大は、「美容整形科と産婦人科」のどちらに決断するか悩み続けた結果、「美容整形」を選んだあの日をぼんやり省《かえり》みていた。

「産婦人科」を最終的に断念したのは、自分が在日韓国人の子だという引け目からだった。人間は生まれながらにして、親も時代も選べないのは自然の摂理と理解していたのだが、自分は在日韓国人より日本人に生まれたかったのも本当なのである。本当は跳返《はねかえ》していけばよかったのだが、幼い時から受けた「差別される」という心の歪《ひずみ》は、八大をもってしても修正することは出来なかった。またそれは子供の誕生という世界に入ることを理屈抜きで躊躇させたのだった。

美容整形はどこか胡散臭《うさんくさ》い面もある。出生の秘密をひた隠しに隠してきた自分に最も似合っていると、自分に答えを出したのである。子供を大好きな自分が、左と右の道を誤ったかも知れない、過去を完全に変えられない、自分を変えられない屈辱に、やるせなさを感じ、なんともいえない苦痛な日々をその頃は送っていた。

「レーザーで眉毛《まゆげ》をカットして下さい」幼顔の残る可愛い娘である。正式に勤めて九カ月あまりの頃であった。インターンを含め二年近くになるが、最も違和感なく接することができた客である。手術代も十万位で手術の中で最も安い金額であった。

このひとみという娘は、眉毛の色がたしかに黒すぎる、勢いも枝がのびきっている男性の眉毛のようなのだ。「よーし、終わりだ」「えっ、もう済んだの」眉毛をほんの少し見えるようにしてテープを上と下とにしっかり止めた。テープの下からガーゼが覗《のぞ》くように見えている。眉毛の下から瞼《まぶた》への間隔は人によって多少長い短いはあるが、せいぜい十五ミリ位のものだ。「下に貼りつけたテープが瞼を半分に上げ押さえてしまうから、とても視野が狭くなる。電車で帰る場合はサングラスした方が無難だよ」「ひとみ、可愛くなるかしら」「絶対可愛くなるよ」、絶対大丈夫といえる客はそうざらにいないのである。「ええきっと、日が経つにつれて、きれいになりますよ」、これが美容クリニックでの商売用語なのである。「大阪市東淀川区、土浦ひとみ、二十歳、広告を見て」とカルテ上の記載では……。二十歳未満は親の承諾を必要とするから、二十歳と記入している娘《こ》に、十七歳から十九歳の娘はかなり存在している。

由美に関するデータ調べも今日で終止符をうつ。クリニックで仮眠をするつもりで早めの夕食に出ようとしたところ、照明が消されている玄関で人影が見えた。

「先生、先ほどはありがとうございました」「ああ君か、どうしたの」「先生京都へ帰るんでしょう、ひとみも一緒に帰るので、待っていたの」「僕は今夜は仕事だけど、で、どうして京都に僕が住んでいることを知っているの」、今の若い娘《こ》は自分のことを「私」と言わず、自分の名前で表わす、由美もそうだった。

「じゃー、夕御飯食べて帰りなさい。遅くなったらお母さんに叱られるよ」「いいのいいの、今日は由美んちへ泊るって言ってきたもん」「あっ、やばい」「あっ、由美さんの友達だったんだ」「白状するよ、由美が八大さんの様子見て来てほしいと言うの。そしてその眉毛《まゆげ》なんとかしたらって、で予約したの」「先生このところ、由美すごく変わったのよ。掃除、洗濯、料理もしているよ」「もう整形のことは気にしていないって、先生に伝えてほしいと言っていたよ」、このところ一カ月ほど遠のいていた、忙しいという理由をあえてつけて。

麻酔の量、モンタージュ写真、シリコンの量、いくら組み合わせを調べても失敗の理由は解らなかった。手術費用八十万その上お詫びに二十万の計一〇〇万をなんとか工面して「お詫び」として返すにも、「お金」ではないのだ。それは解っているからよけいにやるせないのである。三日後由美宅へ車を走らせていた。

由美の姉、香《かおり》は結婚一年半で出戻り娘となっていた。香の性格があまりにも歪《ゆが》んできていた。香には子供はいない。香は虚勢をはりすぎていたようだ。「私の方から見切ってやったの、ふふふ」と八大に向けて、香が吐きすてて言った。バツイチで子供のない実家帰りの香はとにかく気性がきつい。きつい香の行動を支えているのは、不安感と人々から同意を得られないことへの恐れからだ。公然と歯向《はむか》って自分はそんなにヤワじゃないと証明してみせる。自分の虚構の姿が崩れないようにと願っている。感情的な自己表現こそ一番と考えているようである。それは自分の感情表現に限ってだけのことだ。一見すると自信満々だが、本当は世の中に向かって掲げている見せかけのポーズに自信がもてないのだ。一般的に、「自分勝手なきつい女」は他人の気持ちなどおかまいなしに、平気で相手の自尊心を踏みにじる。いじめることに権利があると信じている。最終的に自分にはなんの落度もないという考えに落ち着くのだが、常にこの世の中は自分を邪険にして、最悪の時を狙いすましたように襲ってくると思っている。これは哀れでもある。香に対して八大は、「自分勝手なきつい女」を感じるし、これこそ「哀れな女」としか言いようがないような気がしてならなかった。

香に比べてみて、なんと由美は心優しい娘なのだろうか。窮地に立たされて初めて本当の姿が見えるのかもしれない。香と反対ではないか、「気配りの出来る娘《こ》」だと八大は思った。

明るくつくろっている姿に反射的に痛々しさを感じる。父の進も母の幸子もかなり疲れが出ているようだ。進はまだ四十五、六歳というのに、白髪がめっきり多くなってきている。硬さと太さを強調していた黒髪が、ぺったりとうなだれて地肌にくっついているではないか。「八大さん、無理は百も承知でお願いしたい、由美と結婚してもらえないだろうか」八十をとうに越えた祖母のすみゑが両手を合わせている。

今、八大は、何をどうすべきであるのか、加害者、被害者の関係からか、考えることさえ出来ない。その隙間は、それをめがけて素早い瞬間になぎ倒されることがあったとしても、どうしてそれを避けることが出来ようか。また、自分の幸福も、人の幸福も同じように念願することの出来る境地にまで、歩いて行けるのだろうか。八大の心の中は渦巻いていた。

## 由美の父 進

尾崎進、由美の父。進は地方公務員の父幹夫、母すみゑ、京大大学院の兄繁男と四人暮らしのごく平凡な家族構成であった。

私学の大学までぐらいは通わせてもらえる中流以上の次男であるのだが、もののはずみで、進は中学卒業後、ヒューム管、コンクリートの溝《みぞ》とか蓋《ふた》を作る、京滋コンクリート会社に就職したのである。度胸と行動力のある少年で、とにかく素直な性格が学校でも近所でもかなり評判が良いのである。中学校卒業式の代表で答辞も読みあげただけあって、高校進学をしないということが学校中の噂となってしまったようだ。「行きたくて進学できないのならそれなりに少年の心は傷つくのであろうが、行く気になれなくて進学しなかっただけ」と、根本的に心のよりどころが違っていたのだった。

「僕は体力は百点です」「手に職をつけたいんです」と十歳以上も年嵩《としかさ》の男達がいる職場に就職した。「坊主、坊主」と、とても可愛がられた。休日には中学校時代の友達と一緒におもしろ楽しく遊んでもいた。ひとたび生活スタイルが異なると話題は遠のいてしまうのだが、ここが進の人なつこい、可愛がられて敵を作らない人柄なのだ。

三つ違いの兄、繁男は同志社高校を首席で卒業。そして京大に合格したいわゆる秀才である。机と本とペンが繁男の生活必需品なのである。繁男と進は、何一つ似ているという要素すら与えられていないのであった。

仲の良さはどこの兄弟よりも優っていたそうである。繁男は左手の中指第一関節から先がないという障害をもっていた。繁男が二歳の時、母親の自転車の後《うし》ろの籠《かご》に乗せられていた時、その籠から落ちて溝《みぞ》の縁《ふち》の鋭角にかけた所に指がはさまってしまい抜けなくなって、ついに指が深く抉られ、骨も折れたうえに壊死してしまったのであった。成長するごとに、中指の第一関節から先がないのが目立つようになってしまった。母親のすみゑは一時期、繁男の「指」事件でノイローゼとなり、岡山の実家に身をよせていた。繁男が「お母さん、僕の指は全部五本ともあるよ、少し真ん中の指が短いだけだもん」と言い「早く帰って来て」と電話で泣きわめいたのがきっかけで、すみゑは立ち直ったのである。無口な夫幹夫が懇々《こんこん》と、繁男を諭したという。進は繁男をとても気づかっていた。幼い頃から「お兄ちゃんには優しくしてあげてね」と祈るようにいう母を悲しませたくなかった。兄は人より中指が短いからだと解りすぎるほど理解していた。こうして進は三歳頃から兄に対して気配りをしてきた。その上に母に対しても……。いつもいつも心は大人だった。

藪《やぶ》から青竹を切って来て、担架のような寝床を二人で作り寝そべったりと、母が笑顔をとり戻せるほどの仲の良い兄弟でもあった。


コンクリートのU字溝を大津の駅前の不動産屋に運搬するための助手をした。「一柳不動産」どんな大会社かと期待していたが、バラック小屋に近いお粗末な建物であった。

「周りを囲って見えないようにしてよ」「顔だけ見えるよう、積みあげてくれよ」と念を押しながら、電話の相手に「そこ二〇〇坪ですか、坪百万で二億ですよ、それで決まりですな」

二億、二億って、進は指を折ってみた、9本の指が曲がった。出してくれたお茶を見て目をこすってみた。一柳が入れたお茶は、白湯《さゆ》にほんの一滴注いだような、お茶だと言い訳するため「お茶の色」がついているだけなのだ。「まあゆっくり休んでいけや」と二枚ずつビスケットをくれた。一柳は「堅田《かたた》本町か、どこにあるんや」と呟いて地図を拡げた。進の足は二歩一柳に近づいていた。地図を見るのが勉強の中でも一番好きだったからだ。「坊主、何見とる」一柳は後ろに目があるのかと思った時、右の小指が一関節ないのも見てしまった。兄と一緒だ。急に一柳が身近な大人に映った。「ここですよ」と進は指で示したが、ふり返った一柳のとび出るような目ん玉が恐くて二歩後《あと》ずさりした。

「一柳富士太」と名刺ふうの紙に書かれていて、筆ペンで手書きである。たぶん、広告の紙の白い部分を上手に利用したように思えた。

「坊主、わしの指見たろ」「はい」「怖かったか」「いいえ」「嘘つかんでもよい」「僕の兄は左手の中指の第一関節からないんです」

一柳は、十五、六歳の少年にしては、直立不動で毅然としていたのが、印象的だったが、不憫にも思えた。

「進、この間の一柳という不動産屋へ行っただろう。あのおやじがね、ひどく進のことが気に入ったらしく、休みの日たまに遊びに来てほしいと言っていたよ」部長が、セメントを捏《こ》ねている傍《そば》に来て進の頭を撫《な》でながら言った。部長が頭を下げてくれたように思えた。

友達は期末試験の真っ最中である。勉強をする目的よりも親の監視から逃げられないだけだったらしいのだが、進には退屈な日曜日の午後になりそうだった。大津に向かった。

一柳の小さな建物の廻りをぐるぐる歩いていたが、そーっと覗《のぞ》いてみた。カップラーメンをすすりながら地図を見ている、「よう坊主」またしても見透《みす》かされてしまった。

「大阪の天王寺区林寺町」「ここ、ここですよ、二ページの右端にあります」「ほんま、坊主は早よう見つけるよなあ」「わしは福岡の大牟田というところに住んでいたんや」「たしか久留米から近いですね」「ほう、解かるんか、大牟田というてもピンとこないやつが多いぞ」、一柳の小指はどうも曲げるという力が残されてないようだ。ピンと立ったままだ。

「炭坑の町でな、石炭のかたまりが、わしの小指を直撃しよったんや」「仲間が吹っ飛んだ指を捜してくれた。それをな、なんとかくっつけて、一分でも速く病院へ行けば指は大丈夫だと仕事を中断して捜してくれよったが、わしの指は見つからなかった。右手の小指は体中のバランスを保っているらしいんや。でも今のところわしはバランスとれているから大丈夫たい」

進はほっとした。最初、一柳の「一関節のない小指」をみたとき、「やくざ」が反射的に頭の中でするどく響いたからだ。

「坊主、まだ自動車免許は持ってないよなあ」「うん」「わしは、おとんもおかんも嫁さんも子供もおらん、皆死んでしもうた」「大牟田近辺から四十七年間出たことあらへんかった。一遍《いっぺん》、京都に行ってみたかったんで迷わずに出てきたんや。京都はえらいわからん町じゃ、あのやけに上品ぶった様子と心の中は違うけん、まいった。で、大津に来たんじゃ、まあ日本一の琵琶湖の近くや、水が流れる風情《ふぜい》は、ほんま心が落ち着くけん」、縦横九十センチ位の机が一つ、椅子が二つ、折りたたみベットと思われる上にごちゃごちゃと荷物が置かれている。お粗末にみえる。住人が大人の男だけにそう思える。淋しすぎる匂《にお》いが鼻をつく。五十センチ角ぐらいだろうか、この部屋の中でたった一つピカッと光を放っていたのは、桐の箱だけだった。

「京都は二カ月もおらんかったが、事務所を構えたのは京都を含めここで五度目だ。随分儲けさせてもらったたい、こうやって住所不定みたいな生活しとるとな、税務署も税金というものを取れんたい。坊主これを脱税というんのやけん、五年間逃げきれば大丈夫やけん。でもわしは大津を最後とする」

「大津を最後」というのがどうも気にかかるのだが、永久的に大津にいるんだとかってに決めつけていた。進は、一柳に対してもっと聞いてみたい欲求があったが、聞くのは止めた。いずれにしても、かなりの興味と親しさを覚えた。

一柳が京滋コンクリートの部長を尋ね、進を自分の下《もと》に預けてほしいと引き抜き料として、三百万もの謝礼を渡していたらしい。進のために動き託したものはほかにも数々あったらしい。進の恩師、古賀教頭にもかなりの礼を尽くしていたと聞かされたのは一柳の葬式の後だった。

「坊主、給料は三万だ」三万とはコンクリート会社の給料と一緒である。進は給料のために働いたのではないが、意識的に中卒で就職という出発点がある。どこかで父の幹夫にはない、父の年齢に近いこの一柳の不思議な魅力について行ってみたかった。

兄と一柳の宿命、お互いに事故による傷害を負ったのだ。兄繁男だって二歳までは、指はしっかりついていたのである。ある日突然、あたりまえの体の一部分がもぎとられたのだ。一柳にしても同じだ。この共通点が、一柳の元で働くという決意をさせていた。

一柳に対して本当の尊敬というものを抱いたのは、掃除をしていてあの桐の箱を落として蓋が開いたときだった。「釈専連、釈専修などと書かれている四つの位牌を見てしまったことである。ビスケットが四枚供えてあった。

進は両親に「先祖さんが眠っている」という墓参りに、お彼岸の時とお盆の時には必ず連れて行かされた。母の実家の岡山にも一年に一度、家族で行ったことも思い出していた。北東方向が「お仏壇の間」に最もよいと聞かされていたのだが、意味は解らない。自宅にあった「お仏壇」はいつもピカピカに磨かれていた。母は「お仏壇」の前でよく独り言をいっているような姿を幼い頃から襖の間から見てきた。朝日が強烈にさし込むと「お仏壇」はより一層、輝きを増して神秘的に見えたりもした。「この中に、進のおじいちゃんやおばあちゃんが眠っているのよ」と母に聞かされていた。人が死ぬと骨となってこの中で眠ってしまうと幼い頃は思っていた。「僕も死んだらこの中に入るの」「そうよ」夜中にそっと、お仏壇を見に行ったことがあった。昼のお仏壇の姿はとても美しい飾り物のように見えるのだが、真夜中のお仏壇は、どこか怒り、恨みが湧き出ていて、一挙一動見られているようでとても怖かった記憶がある。進は人一倍好奇心が強く、その後、何度か真夜中の仏壇の前をウロウロした経験がある。一度目より二度目、三度目には仏壇と友達になれたような気がしてきた。お仏壇とお話しできたように思えた。その時から「寝小便《ねしょうべん》」をすっかりしなくなったこともあった。

コンクリートブロックで建物の周りを固めた六畳の大きさだけの妙な不動産屋ではあったのだが、毎日電話のベルは二十回ほど鳴る。一柳の才能なのか、運が良いというのか、十日位に一回、一件落着となり、契約成立となる。内金十万振り込み後、契約解除となったこともあるにはあったのだが……。

贈与税、相続税、印紙税などの税務関係、六法全書などというぶ厚い本をとにかく読まされた。本を読むことが大嫌いな進も、土地関連の法律だけはむくむくと脳に読む力を与えてくれるのだった。「解らんかったら匿名で税務署に電話して聞け」いつもこれ以上のことを教えてくれようとしない、自分で考えて解決せよが一柳の方針であった。「坊主、あの桐の箱の中を見たろ」「すみません」直立不動で頭《こうべ》を垂れている進を見た一柳の目は今まで一度も見たことがないほど、和《やわ》らげだった。「わしには解るんじゃ、坊主が意識して開けたんじゃないと、つまずいて落としたんだろう」「はい」「わしはなあ、坊主のその素直さが気に入ったんや」「お父《とう》とお母《かあ》と嫁さんと息子の魂が入っとるんや、これがわしの全財産なんや」としみじみ語る一柳は「駆け引きのうまい不動産屋主人」ではない優しさも持っていた。

九州弁、関西弁、標準語、入り混じりで仕事用語を使うのが妙に客にうけるのも一柳の人間性かも知れない。京都の伏見区深草の土地の取り引きは、傍から思わず拍手をおくってしまった。

「じゃ三〇〇坪、今日は三月二十九日ですな、三億二千九百万円でどうでしょう」、十八歳の進にはとても理解できる数字ではない。

売主、買主に対しての一柳の教訓あるいは信条があるようだ。「聞き澄ます」ことに徹しているのだ。交渉中一柳はほとんど口を開かない、「ここ、これだ」と確信がついたときのみ、ピシャリと断言的にしめくくるのである。その時の声のトーンは高すぎず低すぎずと演出しているようだ。

このところ一柳がめっきり窶《やつ》れきっているようにみえる。てかてかの脂ぎった顔がなくなってきて、少し血気が少なくなってきたようにみえた。正月まであとわずかの十二月二十八日の午後のことであった。取り引きできていた京都で、一柳はついに倒れてしまった。進は小さい頃からのかかりつけの稲葉医師の下《もと》に走ったのだが、稲葉医師では手におえぬといい、「府立医大に入院させなさい」という強い指示からただごとでないことを感じた。「絶対入院なんかせんで」と気丈さを見せている姿が、進の胸を抉《えぐ》った。足もとすらおぼつかなくなるまで、病魔は進行してしまっていた。「血液のガン、悪性のリンパ腫であと半年位の命」と担当医である平田医師は進に告げたのだ。一柳は、進の前で懸命に笑おうとしているようだが、痛みが襲うのだろうか頰をいつも引きつらせていた。

「九州のさしみはうまい、そうだ馬さしが食べたいなあ」「進、大牟田の七浦町にお寺がある。中尾という住職に渡してきてくれ」生まれて初めて飛行機に乗ったのだが、機中でも一柳のことが、じんじんと頭をかすめていた。

一柳の大牟田の屋敷は、有明海に面し、松の木が青々と茂《しげ》みを作っている大きな三階建てであった。百坪は優にある。ようやく坪数が見ただけでよめるようになったのだが、その屋敷はダントツに目立ってもっと広く見えた。

中尾住職が一柳の四十九歳の人生を一時間余で語った。ここで進が、一柳について悟ったことが一つあった。「確信の上に求め続けてきた情念のような男である」ということだった。両親を幼い頃に亡くし、妻は子宮ガンで、息子の雄一郎は筋ジストロフィーという生まれながらの難病と戦っていたが呼吸不全で四歳でこの世を去ったという。「大牟田の家は市に寄付する、後々《のちのち》の永代供養をお願いしたい」という遺言書だったと中尾住職は言った。

コンクリート会社の部長と進の恩師古賀教頭には「進のことをしっかり見守ってやってほしい」と一人に五百万ずつ「御願い料」を渡していたのだそうだ。進が大牟田へ出かけた直後、二人を病院に来させていたのだ。

「進、頼みがある、一年に一回、いやいつでもよい、思い出したときでよい、大牟田のお寺とお墓に参《まい》ってくれよな。これからが進の正念場だからなガンバレよ」声自体が喉《のど》に引っかかって出てこないのだろうか、完全に掠《かす》れた声である。

目の神経をびくびくさせるようにしながら一柳は逝ってしまった。「おやじさん」声にならなかった。声を飲んだ進には、永遠に別れを告げる一柳の「今までありがとう」と言う声が耳もとで聴こえたのだった。

バラック建ての不動産屋は「一柳不動産」から「ススム不動産」に変わった。コンクリート会社の部長がバラック建てをコンクリート造りに建て替え、看板を作ってくれた。進はもう二十三歳になっていた。

頭のなかでなぜか一柳の魂のような金属音が聞こえてくることがしばしばあった。進はふと思った、人生は貸借対照表なのだ……と。

兄の繁男は京大を卒業した。南オーストラリアのアデレードで「カンガルー」の研究目的で留学したいと言いだしたのだ。両親は、したいことを自由にさせている。あまり意見はしない。体を動かすということはあまりせず、偏食気味だが、食欲だけはすごいので、ますます白ブタのような体型となっていた。カンガルーは哺乳動物で人間の皮膚に一番密着するとかで、「中指」を完璧に再生したいという「夢物語」が動機だという。進はその話を聞いた時、御伽話《おとぎばなし》に聞こえ、むしろ現実的に役に立つことを研究してほしいと思った。睡眠薬でも打って暫く眠らせて、その「夢」から引き裂くべき処理ができないかとさえ進は思った。母の幸子は、すんなり賛成しているようだ。二十三年間、自分の不注意による「繁男の指」という腫瘍を放射線治療で治したいような苛酷な日々を送ってきたのではなかろうか。母の究極のような眼差《まなざし》からよみとれるのだ。繁男が南オーストラリアへ渡航してから暫く床に伏せてしまった。一週間にして四、五キロは痩せたかのようにみえた。

そんな母を一柳の墓参りに連れて行ってやりたいと思った。母と二人きりの旅は初めてだった。「誰だって必ず死ぬのよね」と母がポツリと言った。笑顔が零《こぼ》れていた。そんな母を見ていると、人間ってお墓の前では臆面もなく呼吸が柔らかくなるのではないかと思った。

繁男は、オーストラリアという異国の地と一人になったことで、こんなにも変われるものかと思えるほど、気遣いができる兄となった。電話の回数を重ねるたびに、一つずつ心やさしい兄になっていくようだった。三カ月も過ぎた頃、母が「一度お父さんと三人で繁男の所へ行ってみたいんだがねえ、進、いいかい……」、父は生涯無口のまま終える人のように進は思ってきた。しかしこの件については、すんなり同意した上に、かってこれほど饒舌《じょうぜつ》な父を見たことがなかった。そして、まくしたてるように、「パスポートの期限は大丈夫か、南オーストラリアの気候は……、繁男に味つけのりとふりかけは絶対忘れんように持って行ってやらねば」と母に言いつけている。進は、父という温かい血液が、ゆっくりと動脈血管を通って体中に広がるのを感じていた。父がぴくっと顔をあげて二人を見まわした格好が、子供のように純真に見えた。

「進！　オーストラリアの留学先から電話があって、繁男が二日前、心臓発作で倒れたって……」母は泣いているようだ。母のとぎれとぎれの話では、繁男は、カンガルーの研究も思うようにいかないので、繁男の希望で緊急帰国することになった。

結局、食べる事とアルコールと寝る生活に明け暮れていたということだった。目がかすみ、左足に神経がかよってないようで「糖尿病による合併症だ」と言われたという。

関西空港では、父の友人で内科医をしている友田が愛生会病院の救急車を手配してくれていた。父が悲痛な面持ちでかすかな声を出して繁男に問いかけている。母は泣いたままだ。

入院四カ目に再び心臓発作を起こし、危篤状態に陥った。「繁男、繁男」母は泣き叫んで呼びかけている。見えない目で母の声だけには、鋭く反応して母を追っていた。「繁男、ごめんね」母の悔恨の言葉に、首を横にふっている。父は、息子が異国で病気と戦っていた苦しみを思ってか、「なんてことや」「親として何もしてやれなかった」とメガネをはずして嗚咽《おえつ》している。

繁男は、父母に、そして進に譫言《うわごと》で繰り返し繰り返し詫びていた。

二十七歳になったばかりの兄を失った哀しみは、湧き出すぎて飽和《ほうわ》状態が続くのだった。父と母は悲嘆や心痛というものをすでに通り越している。

母より父の方が気にかかる毎日であった。父の放心状態が続いていて、よく唐突に深々と溜め息を吐く、酒の量もかなり多くなった。両手で頭を抱《かか》えるしぐさが目につくようになってきた。たった一つの救いは役所を休むことをしていないことだった。

「進、お父さんまだ帰ってこないのよ」「役所から一度帰って来てね、ちょっと出かけてくるって」母は気になるのか落ちつかない様子だ。健康ランドの支配人と警察から続けて電話があった。父・幹夫はサウナで死んだ。三五〇ミリリットルの缶ビールを五本飲んでサウナで寝込んでしまったという。小銭入れに四五〇円、定期入れには京都の市バスの回数券と繁男の写真だけだったので身元捜しに手間取ったらしい。客の一人が見覚えがあるというので、尾崎幹夫の身元確認となったという。「孤独の男」といつもいわれていたらしい、このサウナでも。

母が思ったより気丈だったのが、進にとって唯一の救いとなっていた。一周忌を終えた進は、幸子と見合い結婚をした。世の中でいう嫁と姑のいざこざは不思議なくらい起こらなかった。

意識して進は、「マザコン」から極力離れた。幸子の父は再婚で母の松江は継母だった。松江は継母にしては、弟の一徳と同様にかなり可愛がってくれたのだが、幸子は自分はどこかで優等生を演じていたらしいのだ。継母より義母すみゑとの暮らしに希望をかけて結婚したと、進にそっと話していた。二女の由美が母親である幸子より、祖母すみゑの前で「本当の素直な娘《こ》」になっていたのも納得できるのである。すみゑの言葉少なげに語る会話の中に、いつも力強さと思いやりがそなわっていて「素直になれる神業」のような音色が伝わってくる。そんな祖母が由美は一番好きだったのではないだろうか。一柳から譲り受けた大金、京一マンションという、京大生のみの格安賃貸マンションを始めたのも、八大が美容整形医だったことも、由美の「みにくい」顔も、すべてが偶発的とは思えないのだ。「神の糸」なのだろうか。

## なりゆき

母の名は「清の」、芸者名は「清浄《しょうじょう》」であった。荒山八大が、清浄って戒名《かいみょう》みたいで不思議でならなかったのは、高校一年の春、友達の母親が三十三歳の厄年に乳癌で死んだときのことである。仏さまに戒名「釈倫好」の位牌がおかれていたのである。十五歳にして、世の中に厄年という奇妙な年まわりがあり、女の乳房にはガンになる可能性があることも、戒名という仏教のしきたりというものがあるということも初めて知ったのであった。「戒名」とは死んだ人に、仏の弟子になったという意味でつける名前ということをその時、住職に教えてもらった。

大学に入りたての頃、「清浄」という名がとても気になって辞書をひいてみると「清らかで、けがれのないこと」とあった。母に手紙を書いた。「お父さんの本名は廉浄《れんじょう》、私の本名は清の、お父さんの名前を先につけると浄清《じょうしょう》、これじゃ男ぽくってどこかお坊さんみこいでしょう。お父さんに断ってね、清浄にさせてもらったの、とても気に入っているのよ、八大もほめてね」と返事が届いた。続いて「舞子」と「芸者」の違いが解らなかったので母に、また手紙を書いた。舞子の方が似合うと思っていたので。「舞子はね、ダラリの帯をつけているでしょう、置屋という、まあ、今でいうプロダクションに所属してお給料もらう人のことをいうのよ。芸者はダラリの帯はしないの、一人ではい上がっていくしかしようがないの、個人プレーなのよ、彼氏というか面倒みてくれるだんなさまというのがいらっしゃるのよ。でもねお母さんは、お父さまと十七歳の時に恋したの、お父さんは二十歳になったばかりで大学で勉強中だったの、二人ともお金なんかなかったわ。お父さんがね、道路工事のアルバイトが一番高い収入になるって、勉強とアルバイトで、私に飢え死にさせてはならないと、寝ることをすててね、頑張ってくれたのよ。私もね、内緒で花街の会員制のスナックで少しでもと働いたの……」

母とのエピソードは時々思い出すことがあったが、二十八歳の今になって、ようやく父と母の存在が大きく感じられた。父と母を初めて尊敬できたような気がしていた。

在日韓国人であった父、熊本の両親と親戚中から勘当された母、祖国を捨てられなかった父、二人の子供を産み育てた母、尾崎由美との結婚問題を前にしてみて、両親への心の痛みが心の底から湧き出てくるのを意識した。

由美の顔の整形失敗というハンディが大きくのしかかって重だるい日々を送っている。

「一週間だけ考えさせて下さい」これだけ言うのが精いっぱいだった。

そして逃げるように尾崎宅を後にした。


クリニックに一週間の休暇届を提出し、父の祖国に来てしまった。父の両親とはどんな人なのだろうか、自分の祖父母、異母の兄と姉に会ってみたいと……、しかし、心と行動が一致しなかった。会わずにたった一泊で、Uターンしていた。

父は日本名を桐山浄《きりやまじょう》と名乗り、二十八歳で建設会社を設立したのである。かなり手広く人脈も多く持っていたらしい。業界の噂もあった「あの人韓国人だよなあ、しかしなぞだよな桐山さんって、女の影は一つもないみたいだし、酒も飲まん。そのうえ、仕事は見事だし、男気《おとこぎ》がある人だよ」父はつき合い程度のゴルフしかしていなかったようだ。

急に父に会いたくなった。肉親をこんなにいとおしく思ったのは、経験したことのない人生の節目に立っているが故であろう。

「やあ八大か、上京の賀茂町という上賀茂神社のすぐ近くだ。二時間後だったら、僕も行くよ。お手伝いさんに鍵あけてもらうよう連絡するから、一時間後ならいつでもいいよ」

父と母は東山蹴上《けあげ》のマンションにいたはずだ。それは、都ホテルから五、六分歩いた所にあった。父が七階で母は六階だった。引っ越ししたのだろうか……。松の木が囲む、大邸宅だからすぐ目についた。「社長さんから聞いております」五十五、六歳の大柄な女である、歩くたびに足首がぶるんぶるんとゆれ動く後ろ姿と出っぱったお尻が異様に大きかったのが、なぜかなごみを与えてくれた。

「荒山清の、廉浄」と表札が出ている。母の名を右にしているのは、在日韓国人としての父の遠慮のような気がしてならなかった。父と母の話をいっぱい聞きたいのだが、なにか事情があるかも知れない、親子でありながら父とは枕を並べて寝たという「実績」もなかった。すえ子という女中はかなりのしゃべり好きであるらしい。八大はどちらかといえばよくしゃべる女は苦手である。しかし今日はこのすえ子に感謝したいと思った。一階の寝室にセミダブルのベッドが二つ並べられている。車椅子が一つあり、トイレにもバスルームにも手すりがつけてある。

「ここはねえ、奥さんになられる人の両親が住まわれるんですって」「あっ祖父母のことだ」と喉元まで出そうになった言葉をとっさに押さえた。二階は来客用となっている。和室の間《ま》と洋室の間《ま》が四カ所もある。三階はあきらかに父と母の住む部屋だ。お茶室はその隣の部屋となっていた。「社長さんは昨日も来られましたよ、ウーロン茶とタバコ一服してお帰りになりました」「そうそう、一週間ほど前にね、着物姿の美しい方と御一緒でした。あの方が絶対奥さんですよ、テレビに出てくる、ほら、ほら、吉永小百合みたいなお方でしたよ」

「八大さんでしたね」父はすえ子に、荒山という姓をつけないで八大だけの名前を言っていた。その志《こころざし》がくみとれた。「お医者さんですか、ちょっと消毒の臭いがしたものですから」、八大は父を待たなかった。一緒に住むということよりも深く、不在の父親としてであったが、家族を守り続けてきてくれたのだ。母の両親に対しても、母を大事にすることと、同居して詫びるという行為で今償おうとしているのだろう。

左京区にある詩仙堂のお寺の傍の八大神社の前に立っていた。映画のロケに時々使われているだけあって、今、見事な紅葉がまぶしいぐらいである。「もし誤っていたら許してください、あんたさん、清浄《しょうじょう》さんのお子さんではありませんか」品のよい住職が言葉を続けた。「そっくりですよ」「清浄さんはね、大きなお腹をかかえて、ここにじーっとすわってておられた」「八大神社の謂《いわ》れを聞いておいででしたよ、『そうですか、汚れを払うのですか、鬼門の神様ですか、勝負の神様なのですね』と明るく帰っていかれましたよ」、八大は、祇園の割烹「右門《うもん》」へ立ち寄っていた。由美との「結論」がじわじわとせめよってくるようで気持ちが落ちつかない。

「本日は勝手乍ら休ませていただきます」定休日の水曜日以外、母は休んだことがなかった。心身共に並の人ではないと思っていただけに不安になった。ほのかな灯りが見えた。「ごめん下さい」「すんまへん、今日は休ませていただいておりますがどなたはんどす」熊本弁のなまりは消え、心地良い響きの京都弁である。「ただいまお開けします」「あら、八ちゃんどうしたの、今かたづけしているのよ」「今日、上賀茂の家へ行ってくれたんだって、うれしいわ」母は五十五歳のはずだ。「女の肌は歳月よりも心の旅の距離をあらわす」と聞いたことがあるが、息子の目から見ても母はきめ細かく美しい。花街では、いく人かの旦那を持ち、日陰暮らしに明けくれした女も多いというが、我が母は在日韓国人の夫を愛し続けてきたのだ。思うようにならなかったこともあるだろうし、いくたの誘惑もあったのではなかろうか……。そして、母はその事にブレーキをかけ続けてきたような気がする。父と母にはきっと打算がなかったのだ。一途につかみとった愛だと思えてもくる。そうなのだ、筋を通して情に生きた父と母なのだ。

芸者姿の母より白い割烹着の母の方が凛々《りり》しい。あのあでやかな芸者姿はきっと、「仮」の姿だったのではないだろうか……。

「寄せ鍋食べにいかない」「お母さんお腹《なか》すいたのよ」母が自ら「お母さん」と言ったことは初めてのような気がする。

「お鍋は家族の象徴《しょうちょう》よ」二人の箸が同じ鍋に入る、「いいお味ね」こんなによく喋《しゃべ》る母を見たことがなかった。霊山観音さまの真上に、夕陽が輝いてみえる。高山植物だって寒さに耐えながら短い命ゆえに力の限り咲くから、どの花よりも美しいのだというが、母が今一番美しい時なのかもしれないと確信したとき、自分の瞳にきらりと光った感触が残った。

「八ちゃん、その由美さんのことね、あんたの正直な気持ちで判断しなさいよ、一時的に恨まれてものの しられても決して媚びては駄目よ」そこには京都弁はなく、標準語できりりとしめくくってくれた凛々《りり》しい母がいた。

結局、八大は「独立して美容クリニックを開く」という野望と野心をもって、結婚することを選んだのだ。

八大二十八歳、由美十九歳が終わる頃、桜の花が満開であった。花びらが一分のすきもなくつまりきっていて少し息苦しい気がするような四月十日である。由美はよく気配りをしている。七年間見なれた顔である。いま流行《はやり》の夫婦別姓を名乗り、養子ではないが、尾崎家と同居することとした。可愛い女の子が産まれた。「百《もも》」と命名した。「八大さんに似て本当に良かった」由美の育児戦争が始まったのである。八大は「子供」という共通点が家族に再び灯となってくれてどこか救われていた。

百はいつも熱を出し、よく吐いた。百が生後三カ月目頃から少しずつ由美の行動が不可解になってきた。百のお尻をたたいたり、泣きやむまでと足を硬いひもで縛ったりしている。祖母のすみゑは「しばらく私のところで由美を寝起きさせてみるから百は幸子さん見てやってね」と言って、由美の世話をした。由美は、最初の頃は、とてもおとなしくなって「頭をなぜてほしい、ミルクを飲ませて」と「百」のように赤ちゃん返りもしたりしている。まだ二十歳という年なのに腰が抜けるようにだるいと言い、胸がしめつけられるといい、怒ったり泣いたりし、祖母でさえ手がつけられない状態になってきた。由美は、「自分が悲劇の主人公」と思っているのか、父の進にも甘えせがんだ。進は由美をおんぶしたり、抱っこしたりもした。一日中黙り込んだり、急にわけのわからない独り言を言ったりもする。そんな一進一退のくり返し状態が続いた。

「うっ、痛ーいー」ある日ひどい興奮状態となった。リビングと祖母の部屋をグルグルと廻り出す、目を光らせて激しく廻り、リビングの机で頭を打った。注射を打ってもらってぐっすり寝入ったのだが、「分裂症」と診断された。「八大が恐い」「なに言っているの八大さんはやさしいよ」と進が言うと、「そうね」と頭を傾ける。祖母は由美がいとおしいのか、自分が出来る事の限界と思ったのか、「由美、一緒に死のうか」「うん、おばあちゃんと一緒だったらいいよ」と応えた。しかし祖母は、心を鬼にしてでも一緒に死んでやれたらと思ったのだが、できなかった。

「今日はとても良いお天気ね、おばあちゃん」久しぶりに由美の目の輝きが美しくなっていた。「そうね」「おばあちゃん、由美やっぱり病気なのね」「誰も好きで病気になんかならないよ、静かにしていたらきっと良くなるよ」「おばあちゃん、ごめんね」由美の最後の言葉であった。瞬間だった、百を道連れにし包丁で胸を一刺にしたのである。進とすみゑはこの日を境に床に伏した。

「八ちゃん、決して妥協と同情で結婚を決めてはいけません」と、母の声がこの時一番近くで聞こえてきたようだった。

## カウンセラー

由美の一周忌を終えたある日、ひょんなことから八大との出会いが始まった、冷子であった。アメリカでのいまわしいというより、怖かった「レイプ事件」は時々夢に現われた。就職先が見つからぬまま半年が過ぎてしまった。二十歳前後の頃は一日が充分なほどの充実感があった気がする。それだけ様々な出来事や変化のある日常にとり巻かれていたのだろうか。今の私にはミンクの毛皮が空から降ってきても寒さを覆《おお》うことは出来ないだろう、ダイヤをもしくれる人があっても寂しさはまぎれないのではないかと思えるほど、目標のない空白な心は焦《あせ》っている。なにごとも自分中心にしか考えを巡らせられないでいる自分の哀れさがそっと胸を突いた。たった一つの光は「八大」からの電話を待つことだけになっている気がする。二回目が「本当」のデートであった。そこは「吉兆」でもあった。その名前どおりにきっといいことが起こってくれないものだろうか。八大に対して自分の心は異常ともいえるほどの執着が募《つの》ってきているのを意識した。

履歴書を送っておいた大阪のカウンセラー協会から速達が届いた。職員の工藤という女性が主人の転勤で福岡へ移り住まねばならなくなったらしい。「正職員」という条件つきの吉報が転がりこんできた。ことがうまく運ぶときというのが、人生には必ず与えられるものなのだ、と冷子の心は期待感で一杯になった。

患者とのコミュニケーションが不思議なぐらい、冷子にも回復につながり、近畿地方ではあるが、出張命令が出るまでの依頼が舞い込んできたのである。最も幸せに感じるときというのは、患者の数々の相談ごとから、自分にはね返ってくるエネルギーであった。男と女の相談もかなり多かった。大変な失恋で、失語症に近いルミという二十二歳の女性は目だけ輝いている。口を開くのだが声が出ないのである。恋愛経験の豊富さがマイナスに作用したのだ。恋愛経験に乏しいことがかえってプラスになることもある。奥深い理想論が相手を納得させることだってあるのだ。一度セックスを終えた直後から女はこきざみに悩む動物になるのではないだろうか。男と女はどこかでお互いに「自分だけは別よ」と傲慢《ごうまん》になっているような気もする。冷子は自分自身を分析していた。「自分の眼の色ひとつで男の方がなびいてくるのが当たり前」そんな不遜な自惚《うぬぼ》れが自分にまかり通っている気がした。今度八大と会ったら必ず尋ねてみようと思った。単純な賭けを思いついた。

「私、笑窪《えくぼ》をつけてみたいんだけど、無理かしら」「そうだな、笑窪があったら人生が変わるかも知れないね、笑顔美人が光るよ」なんて八大がいとも簡単に話を終えたら、私はきっぱり八大を諦められるような気がした。目尻の皺《しわ》をつりあげて「冷子には似合わない」そう言ってくれる八大をどこかで期待している自分がいる。

冷子は思う、私も八大もやたらと世の中の道徳を守り過ぎてきたのではなかろうか、人より幾倍も律儀さを見せてきたのではないだろうか。自分について言えば抱きたい、抱かれたい願望は人の数倍も深かったのではなかろうか。プライドっていうのは上半身にしかないものなのかも知れないと思えるのだ。

今、自分の中で優れたものに対する憧れというものが、根強く心の中に芽生えてきたのかも知れない、冷子はそう思った。

## 父方の祖母　君江の死

冷子は、二十一世紀を迎え、神奈川の湘南《しょうなん》海岸を歩いている。三年前の正月旅行で祖母とたどったコースである。まぶしすぎるほどの限りない教えを孫である冷子に遺《のこ》して、祖母小みゑが、八十三歳の生涯を終えたのである。

冷子の母竜子が二十一歳の時、冷子の命と引き替えにこの世を去った。こともあろうか一年後、父の徹は、竜子の墓参りをしての帰り道、トラック運転手が睡魔に襲われた瞬間の事故で、祖父と二人即死状態で息をひきとった。苛酷というものは追いうちをかけたのである。徹の母君江はその当時、「大正琴」という趣味にどっぷりつかっていた。「竜子さん、今日は三日後の発表会の稽古なの、仕上げの詰めで絶対出席せねばならないの、発表会の翌日、一人で必ず参るから、ごめんね」と、軽《かろ》やかに草履《ぞうり》の音をすべらせて家を出た。

「三人一緒に竜子さんの一周忌をしなかったから」という悔いの気持ちとともに流れ出る涙の量を計ったらどれぐらいになるのだろうと思われるほど涙が枯れて、「決意」をしたのだ、という。

神戸で開業医を十年あまり営む、実兄・克典の「杉田医院」の門をくぐった。

「自殺」と「生きる」は紙一重の世界なのだ。「自殺とは異常な行為だ。が、人間いつもすれすれの所できわどく生きているのだ」、「死ぬ」ことによって「三人一緒に生きる」、君江はその思いで心の中が一杯になっていた。呪縛霊がやたらと見えかくれする君江は、最もらしく「死んだ」を演じる計画をたてていた。

開業医で看護婦四人という数は、そこそこの信用度はついている。

「心臓発作」これほど非難されずに「死亡」を黙認させ、人々から少なくとも一時的な哀れみをかき集め、すぐさま過去形となる「死に方」は見つからないと、君江の脳細胞が活性化する。「そうよ、闘病日誌はいらないのよ」君江は自分でもこの計画にすっかり酔っていた。兄・克典の医者としての免許に影響しないよう慎重に「コト」を進めねば、と自分に言い聞かせていた。

君江はまずはカーネーション入りの便箋を買ってみた。一冊千五百円のシールがぺたっと貼ってある。その横に黄色のしゃれた手鏡を置いた。もう一人の自分がすごく美しく映っている。「最終決定」に心の捺印をした。

「決意書」「お兄様、私は決して悲しくて死ぬのではありません。主人と息子と竜子さんと一緒に楽しく過ごしたいだけなのです。これから心臓発作の予行練習を二、三回、十日以内にします。ナースに既成事実を見せるためです。承知の上でお兄様は治療をほどこして下さい。そして、最も安全という時を見つけます。『心筋梗塞』と『死亡診断書』を書いて下さい。私の最後のお願いです。お兄様、私は『死ぬという生きるための仕事をしたいのです』、よろしくお願いします」

克典は、家計に負担をかけないよう血のにじむような努力の末、神戸大学医学部に合格した。医者というものは世間から評価されるほど、満足感があるのではないらしい。まして開業医で入院患者を持っていると、常に二十四時間、目を離すことが出来ないのだ。その上入院患者は年老いた人が多いので神経を使うのが現実なのだという。

医者にとって来る日も来る日も客は「病人」であって、けっして「健康人」ではないのだ。「紳士のパスポート」だと同じ開業医の三木が誘ってくれるゴルフにも、せいぜい二《ふた》月《つき》に一回行ける程度である。

「たった一人の妹君江を死なせるわけにはいかない」「医者として人間として命を守らねば」「医師免許剝奪の覚悟」と逡巡していた。君江は深夜十二時の後を選んだ。その日の最後のナースの見廻りが終わってからであった。「シルクのスカーフ」で首を吊《つ》ったのである。シルクは第二の皮膚ともいうそうだが、そう言えば手術のときも絹糸だ。シルクの感触で死にたかったのだ。と、克典は、悔根と悲泣《ひきゅう》の中にありながらも念入りに「証拠隠滅」を図った。そして仮眠中のナースを起こし、「一瞬だった」と。君江は一番経験の浅い当直ナースの久子も「死の舞台装置」に加えていた。

君江は、最後の「生きるため」の願いと「人としての」最期を看取ってくれた兄への「遺書」は感謝と謝罪の二語に尽きるのではないか。シルクは傷跡を残さなかったが克典には「心の傷痕」を残した。

## 母方の祖母　小みゑの死

君江の「自殺という死」を克典は小みゑだけに告げた。「この不真実を真実というかたちのままにしておきたい」「嘘の中にも覗《のぞ》ける嘘もあるのではないだろうか」克典が小みゑの前でワナワナと震えながら男泣きをしていた。小みゑは、「君江さんと克典さんの秘密を自分が死ぬ日まで持ちつづけねば」と「残酷な飛び火」を受け入れた。小みゑは、冷子を「両親のない子」であるが故に、毅然と厳しく育てあげることもこの時自分に言い聞かせていた。

二十世紀最後の年の八月二十九日、冷子は最愛の祖母と再び言葉を交《か》わすこともできなくなった。「私の葬式お願いね」と、瞬《まばた》きのない虚《うつろ》な目が呟《つぶや》いていた。「言葉で表現することの出来ない悲しみ」「涙が出ない悲しみ」とはこういうことなのか、「私も死にたい」との思いも生まれて初めて心《しん》の底から経験した。

祖母が亡くなって四カ月目の十二月二十九日の今日、琵琶湖霊園にしゃがみ込んでいる。琵琶湖の冬は冷たすぎるのである。ちらつく雪の寒さよりも、「お墓」が「冷たくて悲しすぎる」のである。

「シングル達のお墓をネットワークを通じて個を募るという。そして、その墓をバラの花で囲み、軽いタッチの音楽を流す、というのが流行している」と本で読んだことがある。しかし、お墓まで賑やかに振る舞うようなことがどうしても冷子には納得できない。どう考えてみても、お墓は「淋しくて冷たい」のが一番ふさわしく思える。心静かにお葬式の時のような粛々《しゅくしゅく》さは守りたいと自ら戒めていた。

「この涙の渇く日があるのだろうか」「人間の死は絶対やってくる」「赤ちゃんは絶対産まれてくるという保証はないが……」頭がごちゃごちゃになって、「死」と「生」がお墓の前で戦うのである。「我が子」という今までにお目にかかったことのない「生き者」が、幻のように冷子につきまとってきた。冷子は、初めて「子供がほしい」「八大の子供が産みたい」と蜘《く》蛛《も》の糸に昆虫が引っ付くように、逃れられない想いの自分を意識した。

人間の心とは実に不安定な生きものではなかろうか。安定を得るために、いつもどこかで「納得」というシンプルな二文字で「納得」させようとしているのではないだろうか。

冷子は納得していたのだ。「人間って、そうたいした器ではない」ということを……。最近、祖母という「大きな器という存在」を亡くしたのが最大の原因だろうが、今最大の癒やしの源となる言葉、「そう、人間なんてたいした器でない」が心の中を繰り返し通りすぎていた。

祖母は、韓国「竜山」からの引き揚げ者である。祖父は呉服屋「こまや」を経営していた。ちょっとした「知名度」を持っていたらしい。母「竜子」の名は「竜山」からの一字を当て、誇らしげに「竜子、竜子」と呼ぶ時、声のトーンを高くしていたらしい。昭和二〇年の我が国の敗戦で、人生という劇が幕間《まくあい》もなくがらりと変えられてしまったのである。逃避行が始まり、一〇〇〇トンの闇船で日本にやっと辿り着いたのであった。その船中で、竜子は肺炎という病に冒されてしまった。一命はとりとめたが、生きていた二十一歳までの間かなり病弱であったという。病弱な竜子に「帝王切開」は相当の負担を与え、「母という命は引きさき裂れたのだ」と、祖母は教えてくれた。祖母は敗戦を恨んでいた。「引き揚げ者」の「後遺症」が夫吉次の命を奪ったと、鋭い口調で戦争特集を放映していたテレビに向けて投げつけたこともあった。戦後の三年間、僅《わず》か三年で、祖母の夫、母、父と三人の命が散らされてしまったのである。それでも強く生きている祖母を見るにつけ、「祖母は絶対死なない」と冷子はどこまでも信じていた、いや信じることにしたのである。いつまでも私と一緒に居て、と……。

「冷子の生まれた早朝、『氷柱《つらら》』がぶら下がっていたのよ。そっと割ってみたの、あまりにも冷たくて『冷子』と命名したのよ」祖母は竜子を偲《しの》んでいるのか目には涙が潤んでいた。「当時、滋賀県の城下町水口城の近くは、今よりずっとずっと冬は厳しく寒かったのよ、冬は来る日も来る日も雪が降っていたのよ……」

祖母は、女学校時代の昭和八年、東京の築地の和裁学校に通い、優秀な技術を身につけて帰郷したらしい。生活の支えをその技術で作り上げたという、その上、ハイカラな強い女として昭和と平成を生きて来たのである。

「訪問着、留袖、帯、仕立てます」縦五〇、横一〇センチメートルの板に書いた粗末すぎる小さな看板であったが、生活を支えてくれる「客」からの注文はそれなりにあった。祖母の「縫い目が決して乱れないことと、縫った後《あと》のひっぱりが見事なのだ」と評判でもあった。「縫い人の心の鏡が反映したのが着物なのよ」と祖母は言う。祖母の「誇りの作品」は、女性の体をすっぽり優しく抱き、しとやかな姿を鏡に映《は》えさせていた。

今日は元旦である。冷子ももうすぐ三十路《みそじ》がやってくる。「三十路でシングルの女」、世間はここで、「可愛そうに」と言う、そしておまけに「これからどうやって生きていくのかしら」と同情らしき言葉を斜《はす》に投げつけるかも知れない。確かに「祖母の死ということで、自分の老後がぐっと近くなった」ように思う、「私は死に向かって歩いているのだ、『死』という終着駅が私にも来るんだわ」「命の重さに流した涙の量だけ、私が豊かになるんだわ、『死』の旅は、もうちょっと後にしてね」、富士山をバックに、すごい勢いで「お日さま」が顔を出した。炎の輝きの神秘的なその瞬間、冷子は「祈り」の中にいて、手を合わせていたのである。

## お葬式

荒山八大は、冷子の祖母の「葬式」に間に合うよう、自動車を走らせていた。八大には隆子が連絡したのだ。八大は、以前に決意したことを思い起こした。由美の三回忌も終えたので、冷子が落ちついたらプロポーズしよう。その間にクリニックを閉める。最初に志《こころざ》した産婦人科医から出直す、ゆるぎのない決心はまだ誰にも見せられない。冷子にも……。

冷子と谷口隆子は短大時代からの友人である。「仲間」と「友達」とは大きく違う。「本当」の女友達とは数えられるほどしか存在しないものだと思う。冷子と隆子は偶然にしてひとりっ子である。冷子は静かな女であり、隆子はどこまでも行動的な女である。隆子は「陽の当たる坂道」を好み、冷子は「田舎の平坦な田んぼ道」がとても好きなのだ。隆子は「現実主義」、冷子は「理想主義」を好む。全く正反対の性格なのだが、ひとりっ子以外に一つだけ共通点がある。「美しい女」なのだ。隆子は、「ニューハーフ的な」美人であり、冷子は「彫刻的な美人」なのである。趣味はというと、隆子は、「ドライブ」と「ゴルフ」で、冷子は「絵画」と「読書」なのだ。「オトコと女友達は、ワンセット」と言うのだそうだが、隆子は「恋人」が現われては消えるのだが、チャンスは途切れない、冷子は「恋人」と呼べる男性に巡り合いながらも進行しないのだ。対極的な二人なのだが、「女友達はお互いに相互作用で輝かねばならないのよ」というのか、何故か気が合うのであった。

女には二つのタイプがあるのではないかと思えるのだが、「男」を見て「直感的にけなす、つまりピシャリと×点《バツ》をつける」もう一つは「のせるだけのせて、ケル」。不思議なことに二人は型にはまりにくい。というよりはまらないのである。冷子は「×点《バツ》」も「ケル」ということもできない、隆子は、かけ引きなしの「好きになった男」が現われるのである。

「美しい冷子」は女達からあれこれ意味のわからぬまま「非難」とやらを投げつけられ、男達からは、どこかで「手を出しにくい女」と見られていたのだ。冷子は、言葉にしたことはないが、「白馬の王子さま」を夢み期待していたのかも知れないと自分自身を分析してみた。「確かに私は、美しい女だと思う。しかし、人形的なのだ。電池が働かないいんだ。そうスイッチがオフなのだ私は……」いつだったか、外資系に勤めるエリートの松永正という男性に「求愛」された。オペラハウスでたまたま隣に座ったのである。お互いに一人で鑑賞していた。誠実を絵に描いたような正は、かなり冷子に近づいた。ブレスレット、スカーフをプレゼントしてくれたのだが冷子はついに心ときめくまでに至らなかったのである。

隆子を尊敬するところは、決して男を食いものにはしない。淫らでない、同時進行、いわゆる二股《ふたまた》とやらは絶対しないのだ。隆子の人間性なのだろう。そして男という動物を限りなく愛するのである。そして、ぐじぐじしないのだ。粋な「別れ方」とやらをやってのけるのである。「隆子と付き合って楽しかったよ」と別れ際に、ヴィトンのバッグや、シャネルの時計をもらったりしている。隆子は要求なんか一度たりともしない。隆子がその男達を愛した情熱が薄いというのでもない、その時は全力で愛するのである、決定的に言うならば、「結婚」という呪縛を求めないだけなのである。

冷子のいとこに当たると思われる三歳児や小学生の子供達が、おきまりの白と紺の制服を身につけて、妙に悲しげな顔をしている。厳粛《げんしゅく》な人間の「死」を送る儀式の中で、じっと動かず沈黙を守る子供達の姿は純粋で似合う。きらびやかな衣裳を纏ってこの先どうなるかさえ解らない結婚式よりも、告別式が出発点なのだ、とショックを受けたままの冷子の脳裏にはとりとめないことがよぎっている。

葬式も、クリスチャンは教会と決められていたのは一昔《ひとむかし》前である。

「山科シティホール」つまり葬儀会館で行うことになった。このところ、生前から、「葬式」「満中陰」「お墓」「一回忌、三回忌」と後々《のちのち》の仏事をすべて「契約」できるというシステムが「流行化」している。都会から離れている、人口千人にも満たない島は、すべて市町村で行われているというではないか。「リビング・ウィル」「日本尊厳死協会」にサインをすれば、安楽死を承諾する遺言文になるという時代になった。

日本国でもこうして「情緒」のない景色が作りあげられているような気がする。

「おばあちゃん、ありがとう、おばあちゃんのように『死ぬ』その日まで、なんとか舵《かじ》取って生きてみるわ」、心の中の言葉に酔って、涙がハラハラこぼれ落ちた。そして冷子は八大を目で追い求めていた。

大一日スクリーンの専務である青木剛が、葬儀実行責任者としてかいがしく事を進めてくれている。全くの他人ではあるが、人の「縁《えん》」とは偶然ではないと思う。それが「神さまの正体」なのだと、今この瞬間冷子は認めた。そう人々は「偶然」とか「運命」とかは答を出せない時に勝手に使う「言葉《ことば》」なのだ。計算された数字以外は、ほとんど日常茶飯事に「偶然」「運命」「なんとなく」といみじくも並べるような気がする。

シンガポールから帰国した従妹の愛ちゃんのハーフの子マリーがほんの少しだけ笑っている。愛ちゃんが頭を下に向けるようにマリーの頭を少しおさえている。三歳の女の子も世間体《せけんてい》を守らねばならないのだ。喪服姿の「女」は女が一番美しく映る瞬間だといわれるが、「美しい女」は、とくに黒色が似合う。

冷子と隆子は一際《ひときわ》参列者の注目を浴びていた。

八大は、「冷子は窶《やつ》れてはいるが、しかしキメ細かいシルクのような肌と細身を包んだ喪服姿……、これ以上の美しい女は世の中に存在しない」と思った。冷子の一つ一つの仕草《しぐさ》に参列者の目が再び注目している。この中にもしプロのカメラマンがいたら「この瞬間」をきっとアレンジした記事にするのではないだろうか、隆子はそう思った。

時間とともに悲しさの真ん中に入っている冷子は、「初七日、三十七日《みなぬか》、忌明けのお膳、お返しと、葬儀が始まろうとする寸前なのに、四十九日まで自分が自分でいられるのだろうか」と思った。そして、順序だてて考えられない、今の「不安定な自分」を認めたくなくて悲しさとともに涙がにじんでいた。

「荒山八大」の名が響いた。焼香時、参列者に「さん」の敬称を外《はず》す。きっと故人に敬意を表わするからであると思うのだが、冷子は目の前の八大と目が合った。闇の中から、一抹の「光」と「不安」が乱れて飛び散った。

「本日はお忙しい中……祖母の」までは言ったことは覚えている。肩の揺さぶりで瞼《まぶた》がかすかながら開いたのだった。再び重苦しさが襲ってきた。目のかすみとともに瞳に映ったのが八大の眼だった。薄らぐ意識の中で、冷子は、今たしかにスポットライトに照らされているような気がする。振り向くこともしゃがみ込むこともできない。「心と光の心中」の中に居るような気がすると思った。

極度の疲労と貧血のようだ。葬儀中なので救急車は「サイレンを止めて」の出動となり、隆子が「私の主人で医者です」と、八大のみ救急車の同乗者となった。八大は応急処置を施した。八大の唇が冷子の唇をピンク色にしていた。「八大の胸に抱かれたまま死んでしまいたい」涙が温かく湧き流れた。

しばらくして、病室に「冷ちゃん大丈夫?」と四、五人が心配したように入ってきた。「もう大丈夫です、では僕はこの辺で失礼します」静かにドアをしめた。冷子は、救急病院の中だというのに、ベッドの周りで騒いで「楽しんでいる」人達に「病人」らしさを失わない程度の微笑をかわしていた。

一人だけ祖母の姉にあたる美代伯母だけが、どうも冷子は苦手であった。いつも、ゆるりゆるりとなにかと小言を練りつけるくせがあって、良きにつけ悪しきにつけ親族という「化け物」に悩まされてきたのである。「冷ちゃん、早く結婚しなさいよ。小みゑはクリスチャンなんかになってさ」と、口数が多いのだ。祖母小みゑも冷子も美代伯母が登場すると、「黙秘」しか出来ないことが度々あった。

「あの隆子さんって、本当になにもかもテキパキして下さるのね。それにしてもあの人、都会的な美人ね」と。隆子の印象がよかったのか、美代伯母は自分の知人のように語っている。

「私達は、お互い、私以上にも以下もないんだから、輝く二人でいようね」と隆子と手を組み合った事を冷子は思い出した。

「冷子、後のことは必ず青木さんと私でそつなく取り計らっていくから安心して、今日は病院にいるのよ。眠れるだけ眠りなさいよ」、ビシッと電話をくれる。同年齢で同じひとりっ子であるのに、どこか隆子は「姉上」だ。

隆子は生まれながらしての能力の持ち主なのであろう。二十八人のスタッフは別として、客層は三十歳以上が圧倒的に多い。「クラブのママ、ホステス、だんなが重役というOL、家庭をないがしろにするという役付の夫をもつ妻達」かなりのお金を使うそうだ。一癖も二癖もある女どもを相手にしているのである。

隆子の「夢」は、日本の県庁所在地に「エステ」を開業する事である。とにかく発想力には舌を巻くのだが、「沖縄」と「名古屋」は進出しないと言うのだ。「沖縄は、気候と民族からみてエステはまず成り立たないだろう、名古屋は名古屋弁が大嫌い――」とも言う。現在すでに、滋賀、京都、大阪と三カ所に「エステ　タカコ」を持っていて、そこそこの利益をうみだしている。

オープン時の「モデル」はいつも冷子をつかってくれている。収入のない冷子に「五万円」という大金を払ってくれるのだ。「大事な商品なのよ、冷子は」と……。そして、「かけ引きのない友達よ」とも言ってくれるのだ。

客の中でも、とくに三十路《みそじ》前後の女達、その中でも「美しい女達」は、すごく焦っている。美貌を保つのに、相当の努力をしているな、と思えてしかたないのだ。そして「あの人より私はきれいだ」ということで、他人のことなど構っていられないのである。その結果の一齣《ひとこま》として「性格まで悪くなるのだ」。また、三十歳前後何年間も「恋人がいない」、これほど「女」として屈辱に悩むものはないと、隆子は思う。しかし、「冷子」は七十歳になっても「老いない女」のような気がする。「天性の美しさを」世界中の女性どもから吸い取ったとしか思えないのだ。「二十七歳にさしかかろうとするのに、皺、染みが一つもないのだ」魔物としか評価できないような気がする。フランスにエスティシャン、第一号といわれる女史が健在である。いつの日か「冷子」を診断してもらいたいぐらいだ。

「日々に結婚が遠のく女は、強いていえば正直なやさしい女といえるかも知れない。自分の気持ちを偽ることもなく、片目をつぶる事も出来ない、大事な自由を失うことまでして価値がないような気がする」隆子の持論である。

「二十七歳の今日まで、五人の男を知ったが、正直なところこの頃、そう思うの」と隆子。冷子と久しぶりに京都の駅前のスナックで飲んでいる。金曜日の夜とあって狭いカウンターは隣の客と肘がそっとふれる。大柄な男が、「冷子」と「隆子」の間に入れてほしいという、つまりおごりもしてくれるというので、「良ろしかったら」と隆子。男は冷子と隆子を食い入るように見つめている。左右に何度首を振っていただろうか……。

隆子は思うのだが、たぶん自分は「結婚」はしないような予感がする。隆子の中に、「救急車で二人きりにさせた八大と冷子」を「結婚させたい」という想いが走った。二人をほっておけない、私がキューピットをするというその想いが、結婚させる「確信」の二文字になって隆子をなごませた。

初七日を終えた直後、八大から電話があった。「親戚の人達の手前、遠慮した」と救急病院の中でのことをいうのだ。もう十分でいいの、たとえ三分でも八大が傍にいてその顔を見ていたかった。

親族がなんなの、世間がなんなのと、もう私はどうなってもいいの、開き直りという強い力が備わってきていた。祖母ゆずりの利口な孫をどこかで演じてきたのだ。どこかで両親のいないペシミストでもあったのかも知れない。「もう以前の私じゃない、私は気づいたのだ」人間は「気づくこと」から前進できるのだと思った。それを認めると同時に、軽やかな風が頬を通りすぎた、冷子は「ふうん」とその風に向かってはっきりとした口調で答えていた。「私はもう頑張ることはやめる」と。

「日々に人々は去りにけり」というではないか、一週間目より二週間後、三週間後とお参りの人の数は少なくなってきた。青木夫婦だけは二日ごとに足を運んでくれるのである。

「冷子、大丈夫？」と毎日二回コールをくれているのは隆子だ。忌明け当日も、最後のかたづけまで、隆子はかいがしく事を運んでくれた。「じゃーね、八大さんによろしくね」十分でも多く「二人の時」を与えてくれている。

十四階から見る十二月の今日の「夕陽」は寒さが加わってか、いつもの茜《あかね》色ではなく、ピンク色である。夕陽が落ちていく暗紅色の挽歌の色ではない。雪の谷間にすうーっと隠れた「夕陽」が再び眠りにつこうとする前の「顔」を見せて周辺を彩どっている。そして淡々と「さようなら」と沈んでいってしまった。八大が沈む速度を計っている、四分十四秒だ。朝日より夕陽が大きく見えるのは「私を忘れないでね、と言っているんだよ」夕陽を指さした八大の爪は美しいと思えた。その爪をほんの少したてながら髪を撫でてくれている。そして左の腕をやわらかくつかんで抱きよせた。冷子は八大の目を見つめていた。八大の瞳に自分が映っているようだ。夕陽が沈む光景のむなしさと、八大の胸にどっぷり抱えられている幸せとで心が微妙にゆれた。

「涙」を「口」に含んでくれた八大、じんと心にしみると同時に哀しみやせつなさが、再びやってくる。

リビングの明りをつけたのだが、なぜか霧雨の中の「灯《ともしび》」のように周りがぼやけて見える。「すべてはなりゆきまかせ」になるのだろうか。「忌明け」という日捲りが決して二人の一線を越えさせなかったのである。特別な空気が流れていたような気もする。「八大さんと早く一緒になりなさい」と祖母の声がしたような気がする。「もう世間とやらに色づけしなくていいのよ」とも。思い出に出てくる祖母は、いつも前向きだったことに気がついた。

## 傷心の旅

冷子が精神的に地面にのめり込みそうなくらい落ち込んでいるのに、八大からの連絡はなかった。「着物の正月」も止めた。仕付け糸をほどいていない着物を見ながら、「プラトニッククラブ」以上になれない二人の関係に、本当に去年の暮れは心に重くのしかかっていた。

琵琶湖の日の出は十二月三十一日に礼拝した。そして一月一日の今日、富士山の日の出を凝視している。一人旅はやはり悲劇につながる。テンションの高いときは、あまり孤独な旅はしないほうがよいような気がする。グレーと黒のミックスの縞のコートは、少し地味なような気がするのだが、祖母のお気に入りだった。カシミヤのコートだ。甘く優しい祖母だけにしかない匂いがしている。祖母の小みゑは、一四五センチで四十キロもなかったような名前のごとく小さな女であった。外見とは裏腹に、たゆまない精神力を備えていた。いつも凛々《りんりん》としていた。

湘南海岸は静かすぎる波が規則正しく波打っている。桟橋のあたりはうっかりすべると、そのまま流されてしまいそうなほどだったが……。砂浜はあちこちに石が転がっていた。

忌明けの夜から、四、五回の短い電話だった。八大はそれから年末までついに電話すらくれなかった。携帯電話は「愛」を語る道具ではないように思える。男の人はどうも電話はあまり好きではないのかと思う。そして普通の電話で話すより三割方冷たい口調で聞こえるのも携帯電話のような気がする。たしかに便利な道具ではあるが……。便利というのはどうやら人づきあいと情を疎外している。まるで、携帯電話が電波が届きにくい所でのかすみのかかったような幕切れとなって終わるようなものだ。

「おばあちゃん、あれ以上生きていたら、精神的にも肉体的にもきつかったのかも知れないな」やわらかい海べりの砂浜にブーツがぐいぐいくい込み、我に返った。

「西上清信は牧師であったし、もし西上さんと結婚していたら、祖母はもっと楽しかったのかも知れないな、西上さんは祖母のお気に入りだったから……」

冷子は幼児洗礼を受けていたので牧師が嫌いなわけではない。西上の「瞬《まばた》きが多すぎて」気が滅入っただけだった。その時、一分間に何回瞬きするか計ってみたいとも思ったことがあったくらいだ。人間の癖で許さないことがあるのだろうか、むろん西上と結婚していたら、祖母の喜びは絶対的なものがあったと確信できるのだが……。祖母に素直に告げられなかったの西上の瞬きの回数を、母にだったら打ち明けられたのではなかろうか、祖母と孫という一親等遠い存在だったからだと思える。両親の顔の形も、口の開き方も、声質も知らないのだが、冷子にとって初めて親のないハンディを味わっていたのでもあった。

「冷子どこにいるのよ」隆子はいつになく声を荒げている。「黙ってどこへ行っているのよ、心配するじゃないの」安心したのか、少し落ち着いた声に変わった。「今、湘南海岸にいるの」、とたんに大粒の涙がこぼれている。「いつ帰ってくるのよ」「三日」「しっかりしなさいよ、三日に必ず行くから」隆子に甘えすぎてきたかなと思った。でもやっぱり穏《おだ》やかな気持ちになれる。果てしなく続く海岸、寒さを感じなくなってしまった。これからは「甘えすぎず、淋しすぎず、みじめすぎず」シングルを受け入れていかねばならない自分が遠くに見えたような気がした。海の水平線の彼方まで広がるおおらかな眺めがそこにあった。沈みがちな心に少しずつ期待が生まれるようにも思えた。

「寒いのにこんなところに長くいたら風邪ひくよ」よく通る声で、学生らしき男性は言った。その声で我に返った。白いジャンパーと黒のタートルネックのセーターがうまく調和している。清楚な男性が再び白い息をはきながら、「どこか具合いで悪いと?」「いいえ」「あまりにも白く冷たく見えたけん」透き通った眼で言った。すがりつきたいほど、今の冷子は人恋しかったのである。

「ありがとうございました」言葉を続けたかったのだが冷子は、深呼吸に近い間《ま》があいてしまうのが癖である。たぶん言葉を選びすぎる性《しょう》なのかも知れない、どこか熊本弁の訛《なまり》がある。八大と熊本へ行ったことが一度だけあった。あっそうだ、あの時、八大の顔見知りの人に出会ったとき、「元気たい」と挨拶していたような気がする。

熊本城の近くのキャッスルホテルに冷子を泊め、八大は姉の一美宅に泊った。

由美の三回忌を終えて後《のち》にと決めていた八大は、自ら二人の間に距離をおいていたのである。律儀という立派さは尊敬はできるが、冷子の女心は冷静さをもって決して甘えなかっただけで、寂しさがどれほど深かったことか、八大には理解できないのであろうか、二人で歩いたのは「峠の茶屋」という小高い山のふもとにあるなんの変哲もない食べ処《どころ》であった。加藤清正が祀ってあるのが、本妙寺である。石段の急な坂道を無言で歩いていた。

「山ノ上神社」というこれもなんの変哲もない所を歩いていただけだった。デートコースにしては静かすぎた。「言葉を発しない分だけ、お互い思う心はどんどん深まりゆく」ものと、その時は錯覚していたのかも知れない……と思い出していた。

三十路《みそじ》が一年後にやってくる。祖母の死後はグレーと黒色《くろ》の二色しか身につけなかった。どこかで悲しみの女を強調していたのかも知れない。四カ月振りである、オレンジ色のサンローランのマフラーを身につけている、明るさを欲していたのだ。「闇があるから光がある」祖母の好きだった言葉である。祖母への思いを一度外すと、そこには八大の細っそりとしたやや神経質そうな横顔が浮かんでは消えた。

# 阿蘇ホテル

「八大さんがかなり心配していたのよ、八大さんも、十二月にそれはそれは大変なことがあったみたいよ」冷子が黙って年末から一人旅したことに対して、隆子は少し声を荒げた。

八大にとって大変なこと、それは二つ違いの姉一美のことらしい。母の清のが十八歳のとき在日韓国人李廉浄《りれんじょう》を愛し、第一子として産んだ娘《こ》である。母には意地があったらしい。世界中で一番美しい子になってほしいと切に祈りながら、「一美」と名付けたらしいのだ。自分勝手に韓国人の子を産んだと、とにかく一美は母を恨み嫌っていた。半端でない恨みである。「朝鮮人の子」と何度も陰口をたたかれ、悔し涙を流した。その分祖父母につらくあたりもした。美しく頭脳の明晰《めいせき》さが唯一の生きる支えであった。結婚相手はむろん日本国籍が第一条件であり、そして「三高」という「高学歴、高収入、高身長」も絶対条件であった。

一美、浜田真士、後藤勇介は、熊本高校から熊本大学に進学という全く同じコースをたどると信じていた。一美をはさんで、真士と勇介は友情も深かったがライバルでもあった。どちらかといえば勇介が三人の中で成績的にいえば一番不安定だったのに、真士が不合格となってしまった。

小学校時代から一美はとくに男子生徒の目をひきつけていた。母の清のは南国にしてはかなり色白だ、一美は少し小麦色をしていた。現代的な美形で『じゃらーん』という雑誌のモデルにもなったことがあった。真士が東京の税務大学に入り本科、研究科と三年で卒業した。トップの卒業生であった。なんでも税務大学というのは、官公庁関係の中でもすごい競争率らしいのである。むろん学費はただなのであるが、税務署勤務を最低五年はしなくてはならないのだ。万一途中で辞めた場合、学費に相当する金額を返金させられるらしい。受験会場は全国九カ所で、熊本だけで四千人あまり受験者があり、三十五人しか採用されないそうである。平成十三年度からは四年制の大学卒業後国税専門学校へ入学して国税局員になる制度も新設されたそうである。しかし五〇〇名のみの合格というのだから大変難関であることには間違いない。

真士は、勇介より一年早く社会に出た。勇介は熊本大学法科在学中に公認会計士の資格をとった。「合格は二人だけだよ」と一美に対してもかなり誇らしげに語っていた。勇介は県知事の遠縁にあたる。権力者が後盾《うしろだて》にいることほど男の出世に幸運を与えるものはない。法的な手続きを済まして、勇介は「後藤公認会計士事務所」を設立した。実務経験のない勇介に対して父親の正広はある会計事務所から、外村正一を抱き込んだのである。なんでも着手金という形の、引き抜き料とかで一〇〇〇万を貢いだらしいのだ。どこまでも県知事の親戚という力は底知れぬ力がついてまわっている。

真士は二十五歳で法人税の課長になった。製薬会社の調査で人件費、出張費、交際費に関わる脱税総額二億円あまりを摘発し、納税させて、四階級とんで昇格したのである。

「一美を奪うのは誰が一番か」と高校時代はとかく話題になっていた。一美の母が芸者で、在日韓国人の父という噂も同時にささやかれ、「結婚できない女」と「男達」は遠巻きに眺めていたのである。

たぶん勇介は「結婚しよう」などと一生言ってくれそうもない男だ。しかし真士の胸の内はまだ深くは解からない。勇介が動なら真士は静のような気もする。両親に紹介してくれたのは、真士の方である。真士の実家は熊本の中心街にあるシャワー通りに面した、和食を中心とする中級の料理店である。ごくごく地味な感じの両親であった。

勇介の兄は熊本医大の外科部長のポストにある、姉は学習院大学卒業後、参議院議員の妻となっていた。真士の妹瑠璃子は将来美容室を経営したいとせっせと働いている。一美にとっての「社会的判断」からすれば「比較対象外」になってしまう。一美はいつも心のどこかで計算している。自分の利益を外すようなことはしない。

しかし、落ち込みの激しいときには、真士に電話をし、テンションの高いときは勇介と会う。その時その場に応じてみごとなまでにも操《あやつ》っている。「これが私の流儀」で「美徳」と思ってもいた。

突然勇介から出たことば「君の出生のことでね、僕は結婚できない、一生僕の妾《めかけ》にならないか」と真顔で投げつけられた。「出生を秘密にしていたこと」で結婚できないと言われた方がどれほど救われたであろうか、一瞬あごでしゃくったような、軽蔑の眼差《まなざし》を許せなかった。それで十分よ、と言えば勇介は満点の成果をおさめ勝ち誇った表情をするかも知れない。いい知れぬ反発と嫉妬の感情が湧いた。

一美にとって勇介は心も体も初めての相手だった。勇介とホテルで何回セックスをしただろうか……。手帳のYという文字を数えてみようか、一美は皮肉な笑いを横切らせて背を向けた。

若さは唐突として冷静心を捨てられるのだ。「勇介の子を産もう、そして勇介に育てさせるのだ」「それとも……」高なる胸の鼓動が聞こえそうだ。阿蘇ホテルにしよう。「結婚は最初から望んでなんかないわよ、一生愛人にしてね」、「愛人に」を強調するのだ。「私を見なさいよ」と最高の作り笑顔を投げつけてやろう。ここ四、五日、復讐への情念が離れない、姿見に向かって練習までしたのだ。着ていくドレスもあれやこれやと迷いながら、最高の舞台設定にとついに新調した。自意識過剰だろうか、いや計画過剰と言うべきなのかも知れない。黒一色で作りあげた黒い服は、細い身体が誇張したように見えて相変わらず美しいと自分でもうっとりする。とくにシースルーの長袖はノースリーブより魅力的に思えた。真珠のネックレスの方が自分は満足するのだが、最初から喪中風に見せつけるのがくやしいので止めた。可愛らしい赤のサンゴのネックレスに換えた。装飾品一つ換えるだけでこんなにもドレスが晴れやかになったり、沈んだりするのだろうか、男と女も所詮飾り品のような気がしてきた。「性欲のみの男だ。とてつもない冷たい男なのだ」が心の中に一杯になった。口づけでワインを移す。通常の三倍の量だ。今の睡眠薬はいくら服用しても死ねないようにしてあると、いつかどこかの医者のコメントが新聞にのっていた。寝入ったところで男のシンボルを傷つける、ハサミかナイフか…、そこまで復讐したい、しかし殺人犯で刑務所行きは絶対ごめんだ……。五日間すべてのエネルギーを勇介への復讐に注いでしまっていた。

「好きよ、好きよ」自分の演技力にうっとりする。「案外早く決心してくれたよな」みじんの疑いも持たない、これだけの男なのだ。勇介はひくい寝息をたてていた。少し開きかげんの口元から白い歯が見える。勇介は前歯の二本がかなり大きい、今まで一度も気がつかなかったことだ。すっかり寝入っている。

「だれが妾になんかになってやるものか」「保証のない愛人なんてまっぴらごめんだ」「バカーか」自分を熊本弁でののしっていた。その言葉が山びこのように耳に響いた、何回も……。一美は、産まれたままの姿で窓辺に立っている。カーテンもすっかり開けた。真夏の太陽がまぶしい、私はとても自分に素直な気持ちになっている。なんて美しいのだろう、私はたぶん、恍惚の表情をしているのだろう。二十一歳の頃を思い出していた。ミス熊本に確定との連絡があった翌日、準ミスでしたと謝りの電話が入った、その理由は正式な両親のいない娘であったからである。辞退した。その理由に対しての不満もあったが、一番でなければ一美には選考外より価値がないとも思ったからだ。

「ベベルフレアメンソール」タール一㎎、ニコチン〇・一㎎というタバコを三本続けて吸っていた。静かに立ち昇る煙を見ていた。全裸で長い足を右足を上にして組んだ。足元が宙にういてしまって、しっくりいかない、組み方が今日は反対なのだと気がつくのに少し間があった。憎むべき男も全裸で寝ている。じっくり勇介の体を観察することなど一度もなかった。いつもベットの上に仰向けに引き倒されて重なり合うことで、若い男と女の肌が燃えていただけのことであったような気がするのだ。いつも可愛い娘を演じていたと思う。しかし、勇介と過ごしたひとときは私にとってどれほど楽しい時間だったか、私だけにしか解らないことだ。私は他の女から嫉妬されるという心地よさに今日まで酔っていたことは事実だ。適度な安住と贅沢が知らず知らずのうちに身についたのかも知れない。

男と女の別れは夜に実行するものではないような気がする。夜の闇は寂しすぎて、別れづらくなるからだ、ピンク色のスリップをつけた。勇介をふり返って見た。人指し指でほっぺを押さえる癖を見つめた。ほっぺの爪あとも再び見ることもないだろう。他人のような思いが一気にあふれた。一騎討ちの自分の決意を今の自分が拒んだ。そのうえ、一喜一憂することも馬鹿馬鹿しくなってしまった。

幼き頃、世間の目からかくれるように母が帰って来た。密会として選んだのはいつもこの阿蘇ホテルであった。祖父母と八大と四人で隠れるようにやって来た。五人そろって会っていることが楽しかった記憶がよみがえる。あれから何年になるのであろうか…。

ノーメイクの母は、どこにでもいる普通のお母さんだった。離れていた月日もそれを埋めるように、密度の濃い時間を過ごしたことで救われたような気がした。幼心に、夜ふけに見た母の泣く姿は「本当にごめんなさい」と言って両手をついていた。祖父母が一緒に声を出して「よか、よかこ二人も産んだんだもん」そして三人で抱き合って泣いていた。そんな思い出が脳裏にうかんだ。

格好つけていつも標準語を並べている、勇介にも県知事の親戚という重圧があったのかも知れない。それより「この男のために、自分を失いたくない」冷静すぎるほどの自分がよみがえってきた。「京都の母から急用あり、帰ります、さようなら」とメモしていた。

一美は勇介と訣別した。ピッピッピと鳴り響く携帯電話の音は勇介の悲鳴みたいにきこえたが、留守電のスイッチに切りかえた。「女は脱いで、男は着て人生の勝負をする」というが、今の一美には反対のような気がしていた。

一美は失恋というじめじめした気分がないのが不思議にさえ思える。むしろすっきり晴れやかなのである。真士はその頃、調査査察部長から二階級昇格して、調査部門統括官部長の席に座っている。

「一美ちゃん明日の午後、会いたいけん、よか」真士は仕事のみ標準語で話すのである。一美とは必ず熊本弁で話すのであった。

一美は県庁の秘書課に勤めている。「明日、土曜日ね、どこで待っていたらよか」一美も熊本弁で返す、なんだかとても心地よい。「鶴屋デパートの正面入口、午後一時、車で待っとるけん」真士が決めつけたデートの誘いは初めてである。勇介はとにかく強引だった。女から見れば、どちらが魅力的なのか、一美には今だから正確なとらえ方が出来るように思えるのだ。その時の状況なのである。女は唐突として価値観をかえるという勝手な我ままを振り撒く。

真士のように人の心に傷をあたえず、じっと見守ってくれる男が、長い月日には大切なように思えてくる。一美は車種でなく車番で確認する癖があった。たぶん視力が〇・三というかなりの近眼だったせいかも知れない。「熊五五、四二七九」だ。

「一美ちゃん、僕一度もラブホテルという所へ行ったことなかけん、今日行きたい、よか」コーヒーカップが手からすべり落ちそうになっていた。真士は口を開いて声を出したのではない。封筒の中から便箋を見せた。真ん中にていねいに書いてある、右上りのまるっこい字が真士の人柄の良さを表わしているように思える。二枚目を出した。「でもいやなら、よかけん」同じ筆跡だ。

二十八歳にしてはあまりにも幼なすぎる仕草《しぐさ》だ。少しはにかんだ顔を一美に向けている。いつもいつも真士と勇介を秤にかけ謀《はかりごと》していたような罪の意識がそこに働いた。切なくほんのわずかに、足元の震えを感じていた。

無言で二人は車に乗った、どちらも真剣な眼差《まなざし》のまま前方を見ていた。この時をいつまでも忘れないでいたいというような気がする、その幸せがそこにあるように思えた。セドリックの新車である、真士は、私を新車に乗せてラブホテルに入ってみたかったのかも知れないと思えるほど、満足感がひしひしと伝わってくる。二度と真士はラブホテルについては口を開かなかった。

並んで歩く、それは恋人としておきまりと思っていた。今日は真士と一歩歩調を遅らせている。

幸いにも勇介のことで事件を起こさなかった自分と、集計用紙のような便箋に書いて自分を求めた真士とが、交互に行き交い、呪文のように聴こえてくる複雑な動揺で心が苛《さいな》まれるのである。男と女の距離を教えてくれた真士、性欲だけで決して男と女は人間として到達できるものではないことは、勇介から捥《も》ぎ取ったような気がした。

真士の傍にいると、ようやく女として正直に素直に呼吸ができる気がしてきたのだった。女の情事は、抱かれて挿入される行為だけではないような気がする。真士が気分を引き立てようとしてくれているのを感じた。

車を降りて無言で真士は歩く、私が一緒だということさえ忘れているのではなかろうかと思える。一度もふりむくこともなく、大股でさっさと歩く、ためらわず右へ曲がる。そのまま直進して交差点まで来た、交差点を渡って花屋の前を通りすぎて、三歩戻った。鮮やかな真紅のバラの花が、びっしりウインドーを覆いつくしているのを横目で見ている。ほんの少し前、交差点を渡ってくる時まで抱いていた緊張とも不安ともつかないものが、

「ストン」と音を立てて零《こぼ》れ落ちた。

なんだか必死に思いつめた感じで花屋に入った。女の意志など訊ねも確かめもしないで歩いている男の背は、凄く魅力的だ。女というものは一寸置き去りにされる自分が好きなのかもしれない。今の一美にとっては特に……。

傍に女がいる、と意識しない一体感のある瞬間《とき》ほど男は魅力的で美しいのではないだろうか、一美は思った。

カーネーションが一番好きなのか、十本ほど手にしていた。真士は真剣になればなるほど、眉《まゆ》の濃い部分が誇張され困ったような表情をする。一美は少し不安になった。出生の秘密も知っているはずだ。一美がどれだけ足掻《あが》いても消せない過去である。

「なにも心配することはなかけん、父も母もあの娘ならよかけんと言っていた」と真士。

三カ月後、真士の両親の経営する料理屋の二階で二十数名で披露宴をすませたのである。

「私は人一倍好奇心は強いのだが、努力と根性がない、これからは真士の妻としてお仕事をする」一美は誓っていた。「一美を幸せにするなんて出来ないかも知れない、僕が幸せにしてもらうのかも知れない予感がする」真士ははっきり言った。

勇介の噂を高校時代の友達みやこが電話の向こうで一方的に喋っている。たしかみやこは勇介に好意を抱いていたはずだ。「ねえ一美、聞いてよ、この間ある男に言ってやったの、私ってお金の要る女よって、どう言ったと思う、その男、『覚悟しているよ』って言うの」「ねえ、男はみんな女が情事のまっ最中に、全然何も考えていないと思い込みたがっているのよね、その男のなすがままに夢中になっているとでも思っているのかしら、私だって、最初の男と寝るときは、さまざまなこと考えたり、誰かと比べたり、男が自分にとって心からセクシーかどうか盗み見ているの、私って冷静かも知れないの、でもねこんなことは男が喜ばないことを知っているから口をつぐんでいるだけなのにね、男って単純ね」その男とみやこになにがあったのか一美にはどうでも良いことのように思えた。

「そうか、私は思うんだけど……」「ごめん、実はね」一美の話をみやこがさえぎって「勇介に子供ができたのよ、で、その事の責任をとってできちゃった結婚したのよ、その女誰と思う、一美も知っているよ、クラスは違ったけど、ほらバレーボール部のキャップテンしていた色の黒い男の子みたいな背の高い子よ」同時進行の彼女がいたのだ、「妾」の言葉を投げつけたのは七カ月ほど前である。幸せの中にいるから冷静に判断できるのかもしれないが、そういえばあの時の勇介、なんだか必死に思いつめた感じで、尊大さも余裕もなかったように思える。

地元熊本にあるケーキ会社、「パリパリ屋」が開発した五〇〇円チーズケーキがかなり評判となった。ローカル放送ではあるが、テレビでなんでも、「珍パラ」というコメディー風の食べ歩きコーナーで放映されたのがきっかけである。五百円の格安値も当たった。何よりテレビの広告効果がすべてであったと思える。テレビ局はパリパリ屋の社長瀬古敏彦を登場させた。かつての石原裕次郎を思わせる男だ。四十歳前後の女達、いや内心男達もそう思ったに違いないのだ。若い女達はただ単にダイエットケーキにとびついた。「ケーキ屋」にしておくのはちょっとおしいようなルックスもスタイルも絶品であった瀬古は、瀬古の才能といって過言でないと思えることがある。実に彼は歌が上手なのである。当然石原裕次郎の持ち歌を歌う、あの「赤いハンカチ」が彼の十八番である。メディアは見事な演出をさせ、「赤いハンカチ」つきのケーキブームを巻き起こしていた。三カ月後には京都と神戸に支店を出していた。瀬古の頭の回転は並ではなかった。

一ケ一〇〇カロリーをキャッチフレーズにした、その上なんとも不思議な赤いハンカチとの組み合わせが見事にマッチした。

熊本中心部から離れた所にちょっと名のしれた菊池《きくち》渓谷がある、温泉でも名高い菊池温泉もある。土地建物、電気設備等で約三千万円位である。この上に製造機械を見積もって約五千万円で楽勝であると踏んだ瀬古はその菊池郡合志町でケーキの大量生産を行った。運搬は夜間だ、京都と神戸にである。運転手はレンタカー屋のアルバイトで良い。またたくまに売上二〇〇億を超えた。売上二〇〇億以上となると税法でいう公認会計士の監査を受けなければならない法律がある。

瀬古は公認会計士「後藤勇介」を選んだ。むろん一筋縄の男ではない、県知事の親戚であるのを計算に入れてのことである。飛び込みをした。五百万の着手金を「ポン」と勇介に握らせた。勇介はふだんからテレビをあまり見ない方だったので瀬古の存在は知らなかった。それにしても男振りのよい瀬古に男としてその場で惚れていた。外見も度胸も申し分ないのだ、中年のその魅力は絶品だ。

瀬古は今まで税務署とは全く無縁だった。無縁というより知りながらなんとかくぐり抜けてきたのだった。一代にしてテレビで取り上げられた人物、コーマシャル王と、人はおもしろおかしく噂を流したのである。当然税務署は見逃さなかった。かなりの裏工作をしているに違いない、税務職員は立場上、必ずこういう見方しか出来ないのである。勇介も三十二歳となり、得体《えたい》の知れないオーナーとの関わりも少なからず体験してきている。

売上伝票、納品書、請求書までは、自社のアルバイト事務員にさせるが、その他一切は、後藤公認会計士事務所の事務員または派遣でもなんでも良いから、すべて処理してほしいというのが、瀬古の条件である。売上伝票と請求書だけは勇介に隠すべき必要があったからである。かなり現金で動かし証拠を残していない。派遣費用まで浮くではないか、勇介が損得勘定のみに走ったところに大きな落とし穴があったのだ。会計事務所というものは要するに顧問先の数ではないのだ。いかに利益を計上している顧問先があるかということが重要なのだ。会計士協会規定通りの顧問料など要求したら、客は絶対寄りつかないのである。例えば大手のメーカーナショナルにしてもテレビ・冷蔵庫という物体があるのだが、会計士はノウハウが原価だから見えないのである。

利益が多ければ多いほど、報酬を要求しやすいだけの大変な商売なのである。しかし知名度の高い大会社を顧問に持つことも大きな宣伝効果となる。世間の評価はとかく無責任を必ず伴っているのである。口コミでとてつもない得意先を得られるのも会計事務所の特典なのである。経営者に対して、「はい、そうですね、解りました」会計士だけが持つ六法全書のような頭も全く不必要となるほど、経営者には媚《こび》を売るのも会計士の定めともいえるような気がする。

上場会社三十数社、有名会社七十数社を顧問先をズラズラ並べて、ゴルフ、酒場とあらゆる所へ出向く、最終手段は自己投資にある、が勇介の自論であった。角度を変えれば、これも才能の一部であると浜田真士も思う。しかし勇介は金、酒、女に狂ってしまった。税務署でもかなり悪い評判が膨れあがっていた。「パリパリ屋」のケーキは時節柄、クリスマスのコーマシャルに切り替えていた。

真士は勇介に内証の連絡をすべきか少し迷ったあげく、ついに受話器から手を離していた。勇介はどこかでプライドの歯どめを折ったような気がする、あとは済《な》し崩《くず》しにずるずると崩《くず》れてどうでもいい姿勢を作りあげているのではないだろうか。

「パリパリ屋」のケーキは、生クリームに黴《かび》が生えてしまった。その上、苺まで腐ってしまったのである。運悪く、その年の十二月二十日からの三日間、例年にない暖冬となった。クリスマスイブの二十四日は初雪が降るというアクシデントにまでなってしまった。ケーキ屋は二十四日のイブより、なんといっても二十二日、二十三日の二日間が勝負なのである。たいていのケーキ屋はこの二日間で一年間の総売上の三割を見込むのである。レンタカー屋の運転手達は、これまで一度もケーキの運搬をしたことがない未経験者でもあった。猛スピードで走るかと思えば、ヒーターをガンガンにして仮眠をしていた。後につづく運転手がクラクションを鳴らし続けたので、とっさに起きて急にスピードを上げすぎてひっくり返ってしまったのである。それも先頭車であって、後続の二台が追突したのである。京都も神戸もあまり走行したことのない運転手だった。二台、三台目は寄り添って当たってしまい、四台目、五台目は急ブレーキでなんとか難を免れたのだが、不運は追い打ちをかけた、四台、五台目のケーキに黴《かび》が生え、苺が腐ってしまったのである。上昇気流に乗りきれなかった。「ケーキ会社パリパリ屋のケーキに三千人以上腹痛、死亡者は出ず」「製造工程に過失か、脱税の疑惑浮上、後藤公認会計士へ譲渡された五千万、不明」メディアはかなりおもしろおかしくかきたて、とりあげた。あおった方も悪いがあおられた方も悪い、マスメディアは、まくしたてていた。五百万が五千万円になっていた。

「後藤勇介公認会計士、脱税に関与か、着手金五千万円は、女との遊興費か？」熊本税務署が動き出したのである。国税局は強制捜査に踏み切ったのである。

瀬古社長は調査官の一人に言葉を吐き捨てていた。後藤先生にすべて任《まか》せている、俺はケーキ作りしか他になにもできませんと。その後、瀬古は大分と鹿児島で賃借マンションを経営していたことが判明した。十五階建てと十階建て合わせて四〇〇室はある。自宅はあの有名な芦屋にあったのである。時価評価額、約二億は下らなかったらしい。その他、地元熊本でスナック二軒、居酒屋を一軒持っていた。今調査中だが、韓国ルートによる輸入商品も売買しているらしい。

真士と勇介は四年ぶりの再会である。勇介は何一つ瀬古の過去は知らなかった。聞かなかったし瀬古も言わなかった。ただ目先の瀬古を信じただけのことである。瀬古は七年前に妻綾子と離婚していた。その直後から菊池郡合志町に住んだらしい。住居を持たず、ウイークリーマンション、ビジネスホテルを渡り歩いていた。ケーキの腕は若い頃、奈良の若草山の近くのケーキ店で修業したようだ。

「約四億円所得隠し、調査はつづく」と熊本日々新聞という地方紙は一面に載せた。「裁判にもっていく、必ず不服審査まで」勇介は一台のパソコンを叩きつけながら、真士に吐き捨てて言った。

真士は、勇介が巨大な空洞の中に落ちていくのを感じていた。

真士は、義父李廉浄《りれんじょう》に時々電話で近況報告をする。まだ一度も会ったことがない、むろん一美には内証にしている。

「何事も隠し事のない夫婦になりたい」一美が結婚当時、よく泣きながらしがみついて言うのだった。真士がそれを守っていないことといえば、廉浄へする電話のほかは何一つないのだ。

人間は生まれながらにして人種も国籍も親すら選べない、このことについて一美に一度だけ言ったことがあった。廉浄から真士に連絡があった。

「幸せはお金で買えない。しかしお金で買える幸せも少しはある」廉浄と清のが最後にたどりついた上賀茂の家のことである。真士は廉浄に一度ゆっくり二人だけで会ってみたい、その事がいつも心に引っかかっていた。

自宅に無言電話が鳴り響く日々が続いた。一度だけわざとつぶしたような声で「……どうせ私はさげまんよ」「あんたのことは一生恨んでやる」「勇介もあんたと結婚すれば良かったのに、くそー」ガチャンと受話器を切る音が、鼓膜に響いた。

一美は今年初めて、熊本にも雪が降る風情を見ていた。心にしみる雪景色だ。五センチは積もっている、この分なら明朝までに十センチ以上積もるのではないだろうか、一月末の午後九時を少し廻っていた。

幸いにも真士は早く帰宅した。熊本人は雪にはめっぽう弱いのである。とくに車の運転は危険となる。チェーンを持っていないし、スノータイヤなども売っていない。交通渋滞で全く麻痺状態になるのである。

「一美、一美」ハーモニカがこわれたような声だ。泥酔《でいすい》状態の勇介が座り込んでいる。前後不覚になるまで泥酔している。心臓の鼓動が一瞬止まった。男の敗北を酒でまぎらわすのは、女のヒステリーより見苦しいと思った。手鏡が落ちている。勇介は男でありながら手鏡をよく見ていた。でも男が手鏡を凝視するたびに男が大事な戦の鎧《よろい》を捨てているような気がしてならないのだ。

「一美は俺の女だったんや、ちょっと綺麗だったから遊んでやっただけたい、もうすぐ国税局長になるきさまの妻は、無国籍だ、マスコミがとびつくネタたい」熊本弁でののしっている。

「見苦しかー」手を上げて叩くという行為より、はるかにすごみあったような気がする。真士の腕と胸が勢いよく一美の体を抱きしめている。

すべてを知りつくしたうえで結婚してくれたのにまちがいがないのだ。一美は「許して」というより涙の方が先にこぼれていた。

何ごともなかった日々を真士は送ってくれている。全くいつもと一緒なのだ、故意にはしていないのだ、その分一美は過去を苛《さいな》む、「八大、助けて」弟に電話をかけていた。

憔悴《しょうすい》しきった姉を八大はほっておけなかった。週に二度京都から熊本まで往復した。八大は意図的に真士と会うことを避けてきた。三回目の夜、真士が、八大に静かすぎる口調で言った。

「後藤勇介からなにかと聞かされていたが、そう気にすることではない、僕が一美を愛していることにまちがいないのだから」

冷子は、もう少しの間八大を待つことにかけた。吉兆になれるかしら、鏡の向こうの冷子に話しかけている。上賀茂の新築宅に全員集合するので、八大が迎えに来てくれたのである。手を伸ばし、冷子の両肩を摑むのと、八大の腕の中に冷子がしなだれかかってくるのとほぼ同時のようだった。今までずっと耐えてきた隠された二人の思いが、熱く濃い情熱で語りかけてくるような気がする。「冷子は本当にすてきな人だよ、とても誠実だしやさしい、我を張らないし、だからうんと自信を持っていいよ、僕はそう思う」静かにぬくもりが広がる予感がした。

「あっ」先に声を出したのは拓也である。湘南海岸の浜辺で声をかけてくれた青年だった。白紙の心にほんのちょっぴりぬくもりを与えてくれた青年は真士の従弟だった。拓也は今見るとまつ毛のくるりと反り返った美男子である。ちょっとしたタレントより劣らない男性である。

八大は、美容クリニックを閉めた、八大と拓也で、荒山レディスクリニック、つまり産婦人科医院を開業するらしいのだ。

夕暮れの坂を登りながら、八大は冷子を熱い目で見た。今日の彼女は格別美しい女盛りの匂《にお》やかさに満ちている。母の清のは化粧も淡く、その美しさは実に、内面的な優しさと謙遜に満ちた美しさだった、と母を思い出していた。

女が一番素敵な男と思えるのは、女と男の距離を数えながら、なおかつ遠くにいても思ってくれることではないだろうか。そして女がしんから男に惚れるということはその男に対して自らを知らず知らず弱く、小さくすることだと漠然と思った。八大が自然に自分を抱き込んでくれるように願っているのだ。よき環境とは、互いの響き合う魂が周囲にあることではなかろうか。私は八大だけに「抱かれたい女」になりたいのである。

**著者プロフィール**

**上西 加代子**（じょうにし かよこ）

昭和20年（1945年）朝鮮忠清南道太田に生まれる。終戦にて日本へ引き揚げる。
現在、経理事務代理業。
著書に、『母を謳う』（新風書房）がある。

**抱けない女**

2001年12月15日　初版第１刷発行

著　者　上西 加代子
発行者　瓜谷 綱延
発行所　株式会社 文芸社
〒112-0004　東京都文京区後楽2-23-12
電話　03-3814-1177（代表）
03-3814-2455（営業）
振替　00190-8-728265

印刷所　株式会社 エーヴィスシステムズ

©Kayoko Jyonishi 2001 Printed in Japan
乱丁・落丁本はお取り替えいたします。

ISBN4-8355-2860-3 C0093